国家珍贵古籍名录·夷坚志

中国珍贵典籍史话丛书

《夷坚志》史话

22

许逸民 ◆ 著

国家图书馆出版社

图书在版编目（CIP）数据

《夷坚志》史话 / 许逸民著 . -- 北京：国家图书馆出版社，
2019.4

（中国珍贵典籍史话丛书）

ISBN 978-7-5013-6687-3

Ⅰ.①夷…　Ⅱ.①许…　Ⅲ.①《夷坚志》—小说研究
Ⅳ.① I207.419

中国版本图书馆 CIP 数据核字（2019）第 043724 号

书　　　名	《夷坚志》史话
著　　　者	许逸民　著
责任编辑	王燕来
出　　　版	国家图书馆出版社（100034　北京市西城区文津街 7 号） （原书目文献出版社　北京图书馆出版社）
发　　　行	010-66114536　66126153　66151313　66175620 66121706（传真）　66126156（门市部）
E-mail	nlcpress@nlc.cn（邮购）
Website	www.nlcpress.com →投稿中心
经　　　销	新华书店
印　　　装	北京金康利印刷有限公司
版　　　次	2019 年 4 月第 1 版　2019 年 4 月第 1 次印刷
开　　　本	710×1000（毫米）　1/16
印　　　张	6.125
字　　　数	75 千字
印　　　数	1—3000 册
书　　　号	ISBN 978-7-5013-6687-3
定　　　价	24.00 元

《中国珍贵典籍史话丛书》工作委员会名单

《中国珍贵典籍史话丛书》编纂委员会名单

《中国珍贵典籍史话丛书》顾问名单

忠臣門

盡忠類

佐命功臣

李希亮政和中為即官有鄰士甚貧以教授為業嘗
借馬出城歸而言曰一月前夢金紫人言曰吾汝六
世祖也國初為佐命功臣墓在京城外十數里某村
有祀享田歲可得米二百斛去世巳久不知子孫猶
有如此今田在但為掌墓者所擅汝往料理足可
零餬口矣飢覺未敢遽往次夕復夢頗見誰責其對曰
以再夢之驗故遂即日往視有大墓良是而荒穢殊
今為守者痤于門外草中第如吾言發視必可得某
券何以取之祖曰汝言亦大有理此田嘗有碑具載
自少孤苦不省先壠所在與墓人亦不相識且無契
其呼守者出責以不治之罪答曰久無人祭掃故至
此爾問田所在近門尺許草間得之守者驚懼
命以鍬鋤劚地果於近門尺許草間得之守者驚懼
懇服乃具說田處亦頗有為豪右吞併者今當訟于
開封乞正之希亮大異其事為贊於府官盡得其田
居數月後謂希亮曰夜夢祖告云行得官矣吾同時

青平山堂　夷堅志甲集一卷　一

《夷堅志》明嘉靖二十五年洪楩清平山堂刻本

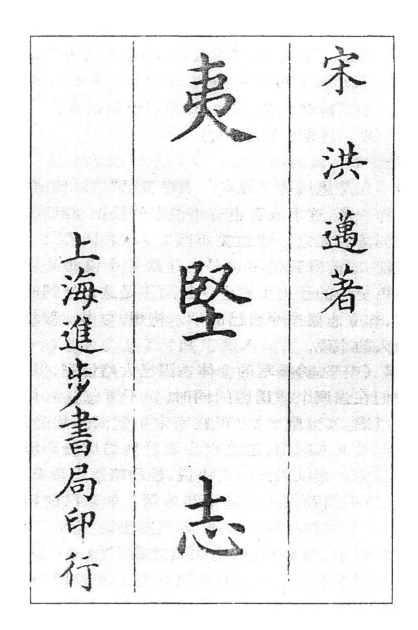

宋洪邁著

夷堅志

上海進步書局印行

民国间上海进步书局印《笔记小说大观》本书影

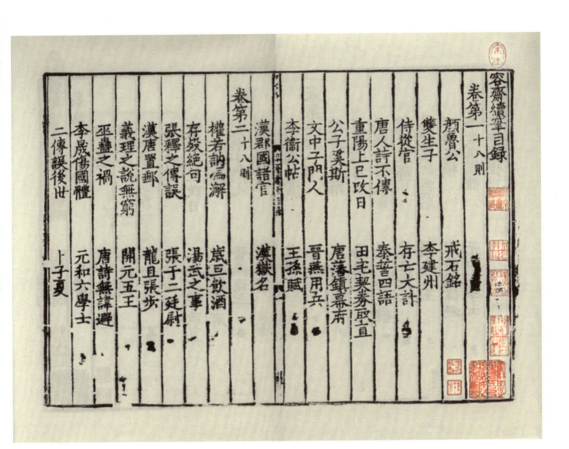

《容斋续笔》十六卷宋嘉定五年章贡郡斋刻本

重刻宋本夷堅志甲乙丙丁四集序

夷堅志甲至癸二百卷支甲至支癸一百卷三

甲至三癸一百卷四甲四乙各十卷總四百二

十卷見陳振孫書錄解題則以後流傳甚罕胡

應麟博極羣書祗據于棠文夷堅州志序知其

義例而已

四庫所收支甲至支戊五十卷民間頗不易得

所通行者有明仿宋刊分類夷堅志五十卷蓋

宋人摘錄之本坊刻三十卷本雖從原書摘出

清光绪五年陆心源刻《十万卷楼丛书》本序

《中国珍贵典籍史话丛书》序

　　书籍是记载人类文明发展历程的重要载体，是传播知识和保存文化的重要途径，它蕴藏着丰富的历史文化内涵，是人们汲取精神营养和历史经验的重要来源，在民族兴衰和文化精神的传承维系中，发挥着不可替代的作用。

　　《尚书·多士》云："惟殷先人，有册有典。"在中华民族数千年的岁月里，人们创造出浩如烟海的典籍文献。这些典籍是中华文明的结晶，是民族生存的基石和前进的阶梯。作为人类发展史上最有价值的文化遗产之一，中国古代典籍是构成世界上唯一绵延数千年未曾中断的独特文化体系的主要成分。

　　然而，在漫长又剧烈变动的历史中，经过无数次的兵燹水火、虫啮鼠咬、焚籍毁版、千里播迁，留存于世间的典籍已百不遗一。幸运的是，我们这个民族具有一种卓尔不群的品质：即对于文化以及承载它的典籍的铭心之爱。在战乱颠沛的路途上，异族入侵的烽火里，政治高压的禁令下，史无前例的浩劫中……无数的有识之士，竭尽他们的财力、智慧乃至生命，使我们民族的珍贵典籍得以代代相传，传承至今。这些凝聚着前人心血的民族瑰宝，大都具有深远的学术影响、独特的艺术魅力和突出的文物价值，是今天人们了解和学习我国优秀传统文化的宝贵实物资料。它们记载着中华民族的辉煌历史和灿烂文化，诉说着中华民族的百折不挠、临危不惧的民族精神，是先辈留给我们的宝贵精神财富。

新中国成立以来，党和国家高度重视典籍文献的保护工作。2007 年启动实施的"中华古籍保护计划"，由国家古籍保护中心（国家图书馆）负责实施，成效显著，在社会上产生了极大的反响。迄今为止，已由国务院陆续公布了四批《国家珍贵古籍名录》，收录了全国各类型藏书机构和个人收藏的珍贵古籍 11375 部，并拨付专项资金加以保护。可以说，这是一项前所未有的伟大事业。

尽管我国存世的各种典籍堪称汗牛充栋，但为典籍写史的著作却少之又少，许多典籍所蕴含的历史故事鲜为人知。如果不能及时加以记录、整理，随着时代的变迁，它们难免将逐渐湮没在历史长河中，成为中华文明传承中的一大憾事。为此，2012 年年底，国家图书馆启动了"中国珍贵典籍史话丛书"项目，旨在"为书立史""为书修史""为书存史"。项目由"中华古籍保护计划"支持立项，采取"史话"的形式，选择《国家珍贵古籍名录》中收录的蕴含着丰富历史故事的珍贵典籍，用通俗的语言讲述其在编纂、抄刻、流传、收藏过程中产生的引人入胜、启迪后人的故事，揭示其与当时的政治、经济、文化和社会发展的密切关系，力图反映中国书籍历史的辉煌与灾厄、欢欣与痛楚。通过生动、多样、丰满的典籍历史画面，使人们更深入地了解和认识典籍，领略典籍的人文精神和艺术魅力，感受中华文化的深厚底蕴。

中华优秀传统文化是我们最深厚的文化软实力。"中国珍贵典籍史话丛书"是以人们喜闻乐见的方式弘扬中华民族博大精深的灿烂文化，使书写在古籍里的文字活起来的一次有益尝试。丛书力求为社会公众提供普及读物，为广大文史爱好者和从业人员提供学习资料，为专家学者提供研究参考。其编纂主要遵循两个原则：一是遵循客观，切近史实。本丛书是关于典籍的信史、正史，而非戏说、演义。因此，每一种史话都是作者钩沉索隐、多方考证的结果，力求言之有据，资料准确，史实确凿，观点审慎；二是通俗生动，图文并茂。本丛书旨在让更多的人了解和热爱中华典籍，通过典籍深入理解中华文化。相对于一般学术著作，它更强调通俗性和生动性，以史话的方式再现典籍历史，雅俗共赏，少长咸宜。

我们真切地希望，通过这套丛书，生动再现典籍的历史，使珍贵典籍从深闺中走出来，进入公众的视野，走进每位爱书人心中，教育和启迪世人，推动"关爱书籍，热爱阅读"的社会风气的形成，让承载着中华文明的典籍在每个人心中长留悠远的书香，为提升全民族文化素养、推动传统文化与时代精神的融合发展做出积极贡献。

"中国珍贵典籍史话丛书"项目自启动以来，得到了社会各界的广泛关注和专家学者的大力支持。一批有较高学术造诣的专家学者直接参与了丛书的策划和撰稿工作，并对丛书的编纂工作积极建言献策，给予指导。借此机会，深表感谢。以史话的形式为书写史，尚属尝试，难免有疏漏、不妥之处，敬请专家学者批评指正，也欢迎广大读者提出宝贵意见和建议。

韩永进

2014 年春于北京

目　　录

引 言

　　大约从南宋孝宗赵昚的隆兴元年（1163）开始，在今福建、浙江、江西、四川一带，伴随着作者的仕履所及，有两种随笔体的私家著述，广受时人喜爱，一时抄刻不辍，几乎"家有其书"（《夷坚乙志序》）。其中成书略晚的一种名曰《容斋随笔》，专以考核经史见长，属于体例谨严的学术笔记。另一种即是号称志怪小说的《夷坚志》，以文思隽永为其特色，属于古小说中的笔记小说一体。对于《容斋随笔》，后人评价很高，认为不仅可以与沈括的《梦溪笔谈》、王应麟的《困学纪闻》后先争美，而且"南宋说部，终当以此书为首焉"（《四库全书总目提要》）。对于《夷坚志》，后人也赏其超拔不群，誉为"文人之能事，小说之渊海"（清陆心源《夷坚志序》）。《容斋随笔》和《夷坚志》的作者是同一人，此人姓洪名迈，字景卢，饶州鄱阳（今江西鄱阳）人。

　　说到鄱阳洪氏，南宋初年流传有一段佳话。洪迈的父亲叫洪皓（字光弼），于宋高宗建炎三年（1129）五月，以徽猷阁待制，假礼部尚书，充任大金通问使。先在太原被羁留一年，后又流迁到云中、冷山，直到绍兴十三年（1143）七月，宋、金达成和议，洪皓才得以回国。在金凡十五年，艰苦备尝，威武不屈，"虽苏武不能过"（《宋史·洪皓传》），举世称其忠节。洪迈的长兄洪适（字景伯）、次兄洪遵（字景严），于绍兴十二年（1142）同时中选博学宏词科，洪遵文章尤佳，授秘书省正字（掌管编辑、校正图籍），南宋因词科而直接入选秘书省乃由洪遵首开先例。三年以后，也就是绍兴十五年（1145），洪迈也步乃兄后尘考中博学宏词科，获赐同进士出身。再往后，洪适累官尚书右仆射、同中书门下平章事兼枢密使（即右宰相），洪遵官至翰林学士承旨兼侍读，洪迈官至端明殿学士，如《宋史》本传所说："迈兄弟皆以文章取盛名，跻贵显。"当时三洪兄弟文名满天下，有所谓"鄱阳英气钟三秀"之说。

"三洪"之中，洪迈的文学成就最高。当洪迈不足三十岁，离开福州教授任时，他的好友叶黯（字晦叔）以诗二首送别，其中第一首开头就说："一门伯仲知谁似，四海文章正数君。"（《容斋三笔》卷九《叶晦叔诗》）可见洪迈小小年纪已然赢得社会的普遍钦仰。我们今天研究这样一位在南宋中期有很高文名声望的人物，研究他持之六十年而精心结撰的小说，不能不说是一种既充满历史情怀，又富有文学魅力的事情。下面拟分为六个章节，分别论述洪迈其人及其《夷坚志》一书，着重叙述《夷坚志》的成书过程、主要内容和文学成就。

第一章 洪迈的人生经历

洪迈生于宋徽宗宣和五年（1123），卒于宋宁宗嘉泰二年（1202），身历徽宗、高宗、孝宗、光宗、宁宗五朝，终年八十岁。虽说历经数朝，但仕履多与文事相关，并不十分复杂。我们只要列举其中的几个主要关节，就足以显现出他的性格、爱好和毕生的追求所在。

二十三岁是洪迈的人生转折点，这一年他中选博学宏词科。对此次中选他应该是很得意的，因为三年前他随同两位兄长去考试，两位兄长皆高中，独有他被黜落，自然十分扫兴。这次得中，终于可以三兄弟比翼齐飞了。其次，还因为他特别看重博学宏词科的考试。在《容斋三笔》卷十"词科科目"条，特意提到当日的考试科目包括十二种文体，即制、诰、诏、表、露布、檄、箴、铭、记、赞、颂、序，"凡三场，试六篇，每场一古一今"，每一榜录取不超过五人，从绍兴五年（1135）到绍熙四年（1193）计二十榜，所取仅三十三人，中选之难可以想见。第三，博学宏词科作文多采用四六骈俪体，引用典故是家常便饭，这不仅要求应试者腹笥饱满，更要求他具有娴熟深湛的文字功夫，而洪迈恰恰视四六文为其家学（《容斋三笔》卷八"忠宣公谢表""吾家四六"等条，屡引父兄制诰诏表佳句，矜夸之意溢于言表可证），平日以考阅典故、渔猎经史为务（所辑《史记法语》《南朝史精语》至今犹存），下笔追求"则属辞比事固宜警策精切，使人读之激昂，讽味不厌，乃为得体"（《容斋三笔》卷三"四六名对"）的境界。《宋史》本传在文学上对洪迈的最大褒奖，即是说他"以博洽受知孝宗，谓其文备众体"，称得上是诛心之论。由此我们可以知道，洪迈在文学上的造诣主要是官府文告等应用时文。

从二十三岁到三十三岁，洪迈虽曾在朝做过敕令所删定官，职掌敕令所编修事务，却终因其父与当时的掌权者秦桧不睦，未能得到重用。绍兴二十八年（1158），召除秘书省校书郎。次年，兼国史院编修官。绍兴三十一年（1161），除枢密院检详诸房文字。这几任职官负责编校图籍、撰修国史、起草机要文书，正所谓用其所长，使其才干得以尽情发挥。不过随后由于一次出使金国，被人指为"有辱使命"，遂外放知泉州，改知吉州。直到乾道二年（1166），入对称旨，又留在朝廷任起居舍人，权直学士院，兼同修国史、兼实录院同修撰。这是洪迈第二次担当起修史的任务。此后又出外知赣州、建宁府、婺州，历时十余年。到他六十三岁时，第三次入朝，以提举佑神观兼侍讲，同修国史。六十四岁时，即淳熙十三年（1186），迁翰林学士、知制诰兼修国史。至此，洪迈已先后三次预修国史，修史在他心目中已形成一种化解不开的情结。在《容斋随笔》中，他两次谈及修史之事，无不充满自豪的情感。先是《三笔》卷四"九朝国史"条说，宋朝的国史有三种，一是太祖、太宗、真宗的《三朝国史》，已经修撰完成；一是仁宗、英宗的《两朝国史》，将要完成。宋神宗专门交付曾巩与前合编为《五朝国史》，未完成；其后神宗、哲宗各为一史，以其是非褒贬失实，废弃不用，淳熙十二年（1185），洪迈接手重修，翌年成书呈进，顺便请求合九朝为一史，遂奉诏开院，待修成三十余卷，又以事罢职，出知镇江。《容斋三笔》卷十三"四朝史志"条又说："《四朝国史》

本纪，皆迈为编修官日所作，至于淳熙乙巳（1185）、丙午（1186），又成列传百三十五卷。惟《志》二百卷多出李焘之手。"证以《宋史》本传，则有如下记载："迈初入史馆，预修《四朝帝纪》，进敷文阁直学士、直学士院。讲读官宿直，上时召入，谈论至夜分。十三年九月，拜翰林学士，遂上《四朝史》，一祖八宗百七十八年为一书。"这说明洪迈在修史上确实称得上是用力甚勤、功绩卓著。由此而得出结论，说洪迈的人生道路和学术思想都与修史密不可分，这应当是不为过分的。

前面已曾讲到，洪迈在仕宦道路上有过一次"使金辱命"而遭贬谪的遭际，这次遭际其实很能说明洪迈的立身品格和处世之道。《宋史》本传记载这件事颇有回护之词，只是说绍兴三十二年（1162）金国使者来访，洪迈作为接伴使按前朝旧礼（宋金平等）行事，折服过金使，所以后来慨然请行，以起居舍人，假翰林学士，充贺金登位使，所持国书用的是平等国家的格式，到了金国，国书被宣布为"不如式"，朝见之仪亦需相应改变，洪迈初时不同意，后来金国封锁使馆，从早到晚"水浆不通"，直到三天后才允许见面，大都督怀忠扬言扣留人质，幸亏左丞相张浩认为不可，这才放洪迈等人脱身返江南。《宋史》对洪迈还朝之前的表现语焉不详，事实上洪迈是以屈服换得自由的。与洪迈同时的罗大经就曾明白写道："景卢等惧留，不得已，易表章授之，供馈乃如礼。景卢素有风疾，头常微掉，时人为之语曰：'一日之饥禁不得，苏武当时十九秋。传与天朝洪奉使，好掉头时不掉头。'"（《鹤林玉露》丙编卷三《容斋奉使》）。徐钪所辑的《词苑丛谈》还记有当日太学生传唱的一首《南乡子》，讥诮说："洪迈被拘留，稽首垂哀告彼酋。一日忍饥犹不耐，堪羞，苏武争禁十九秋？厥父既无谋，厥子安能解国忧。万里归来夸舌辨，村牛，好摆头时便摆头。"

我们不难设想，洪迈使金还国之日，他的处境当是极其尴尬的。这段经历充分暴露出身为名父之子的洪迈，尽管博学有口辩，但其性格亦有其软弱的一面。当然这件事也只是使他受到舆论指责，并没有严重到酿成杀身之祸的地步。尽管如此，从此以后洪迈官运蹇剥，只是长期在外做地方官，终未能像他的两位兄长一样执掌枢柄。

如果单单从使金事例来认识洪迈，断言他是一个贪生怕死、优柔寡断之徒，那也就看错人了。事实上洪迈在许多紧要的政治关头，所表现的是一个强者的形象。譬如绍兴三十一年（1161）钦宗赵桓死于金，朝中议论谥号，洪迈独持异议，认为当时徽宗留北尚未归来，理应效法楚国人立怀王的先例，称为怀宗，以表示复仇之意，然而他的意见未被采纳。同年十月，知枢密院事叶义问前往江淮督视备战情况，用洪迈随行参议军事，走到镇江，听说瓜洲的军马已经和金人相对峙，建康方面又有人来告急，叶义问临事惊慌失措，意欲退兵，这时的洪迈却能临危不乱，极力加以劝阻，对叶说："今退师，无益京口胜败之数，而金陵闻返旆，人心动摇，不可！"（《宋史》本传）如果说上面两件事还不足以说明问题，不妨更举数例。乾道六年（1170），洪迈知赣州，首先是建学校，修桥补路，士民安之，接着即整肃骄恣的郡兵。《宋史》本传说："郡兵素骄，小不如欲则跋扈。郡岁遣千人戍九江，是岁，或怵以至则留不复返，众遂反戈。民讹言相惊，百姓恟惧。迈不为动，但遣一校婉说之，俾归营，众皆听，垂橐（gāo，收藏盔甲或弓箭的袋子）而入，徐诘什伍长两人，械送浔阳，斩于市。"第二年，江西闹饥荒，而赣州有中等收成，洪迈不顾僚属的阻拦，毅然移粟接济相邻各县。凡此种种，无不表明洪迈为官清正，遇事有决断，敢作敢为，有勇有谋。洪迈死后十年，何异在嘉定五年（1212）为《容斋随笔》

作序，感慨系之地说："仆顷备数宪幕，留赣二年，至之日，文敏去才旬月，不及识也。而经行之地，笔墨飞动，人诵其书，家有其像，平易近民之政，悉能言之。有诉不平者，如诉之于其父，而谒其所欲者，如谒之于其母。"这段话说明洪迈在赣州任内是深得民心的。至于后来知建宁府时，有富人行凶杀人，越狱拒捕，洪迈力追不舍，正之以罪，黥流岭南；知婺州时，婺军素无纪律，以至于啸聚哗变，洪迈戮首恶二人，枭首于市，其余闹事人等或黥或挞，各有处罚，从此州郡平安无事，这些都见于《宋史》本传记载，毋须费辞详述。总之，洪迈为政即令谈不上有大建树，至少有一个好名声。他的政见和举措，一般说是顺乎民意的。

宋光宗绍熙元年（1190）二月，洪迈以焕章阁学士知绍兴府。同年十二月，改提举隆兴府玉隆万寿宫，这不过是一种领俸禄而无职事的外祠官，所以此后便西归鄱阳，赋闲家居，谢绝外事，潜心于著述了。自绍兴府归来日，时年六十八岁。宋宁宗庆元二年（1196），他的《容斋三笔》十六卷结稿，其中卷十二有"人当知足"一条说："予年过七十，法当致仕，绍熙之末，以新天子临御，未敢遽有请，故玉隆满秩，只以本官职居里。"他的亲朋好友认为其爵位不及两位兄长，很为他抱不平。他自己则吟诵唐朝诗人白居易的《初授拾遗》诗（"奉诏登左掖，束带参朝议。何言初命卑，且脱风尘吏。杜甫陈子昂，才名括天地。当时非不遇，尚无过斯位"），用安分知足聊以自慰。庆元四年（1198），洪迈上章告老，不许，进龙图阁学士。嘉泰二年（1202），他已经八十岁，这才以端明殿学士致仕，官阶正三品。也就在这一年，洪迈为其一生画上了句号。死后赐谥文敏，后人因称洪文敏。又以晚年号野处老人，人亦称为洪野处。

洪迈博学多闻，平生著述甚多。仅据《宋史·艺文志》记载，已将近三十种,计有:《次李翰蒙求》三卷(属经部小学类);《宋四朝国史》(与李焘合撰)三百五十卷(属史部正史类);《钦宗实录》四十卷;《节资治通鉴》一百五十卷;《太祖太宗本纪》三十五卷;《四朝史纪》三十卷;《列传》一百三十卷(以上属史部编年类);《记绍兴以来所见》二卷(属史部史抄类);《哲宗宝训》六十卷;《钦宗宝训》四十卷;《高宗圣政》六十卷;《高宗宝训》七十卷;《孝宗宝训》六十卷(以上属史部故事类);《皇族登科题名》一卷(属史部传记类);《随笔》五集七十四卷;《夷坚志》六十卷(甲、乙、丙志),《夷坚志》八十卷(丁、戊、己、庚志)(以上属子部小说类);《经子法语》二十四卷;《春秋左氏传法语》六卷;《史记法语》八卷;《前汉法语》二十卷;《后汉精语》十六卷;《三国志精语》六卷;《南史精语》六卷;《唐书精语》一卷(以上子部类事类);《野处猥稿》一百零四卷;《琼野录》三卷(以上集部别集类);《唐一千家诗》一百卷(集部总集类)。以种数统计,经部一种,史部十三种,子部十种;以卷数统计,经部三卷,史部一千零二十八卷,子部三百零一卷,集部二百零七卷。以上著述流传至今而见于清修《四库全书》的有四种,一是《容斋随笔》七十四卷(子部杂家类),一是《夷坚支志》五十卷(子部小说家类),一是《野处类稿》二卷(集部别集类),一是《唐人绝句诗》九十一卷(集部总集类)。此外,尚有《史记法语》八卷、《南朝史精语》十卷、《经子法语》二十四卷和《容斋诗话》六卷、《容斋四六丛谈》一卷见于《四库全书》的"存目",不过后面所列二种只是《容斋随笔》的摘编而已。由上面的统计情况可以明显看出,洪迈在今天固然以《容斋随笔》和《夷坚志》名家,但在南宋历史上,综其一生,他实实在在应该是一位史学家。

第二章　《夷坚志》的撰写缘起

南宋末年，赵与时曾读到《夷坚志》全书，对其中各编的自序极为欣赏，他说："洪文敏著《夷坚志》，积三十二编，凡三十一序，各出新意，不相复重，昔人所无也。今撮其意书之，观者当知其不可及。"（《宾退录》卷八）赵与时当年所看到的三十一篇自序，今天只残存十三篇，即《乙志序》《丙志序》《丁志序》《支甲序》《支乙序》《支景序》《支丁序》《支戊序》《支庚序》《支癸序》《三志己序》《三志辛序》《三志壬序》。据赵与时说，"《甲志》序所以为作者之意"，想必是对撰写起始年代、撰写意图均有所交待，可惜我们已无法见到。现在我们来谈《夷坚志》的撰写缘起，只能根据其他旁证资料进行考察，提出近乎合理的推论。

洪迈的《夷坚支甲序》径直写道："《夷坚》之书成，其志十，其卷二百，其事二千七百有九，盖始末凡五十二年。"这篇序作于绍熙五年（1194）六月一日，洪迈时年七十二岁。如果据此上推五十二年，则为绍兴十三年（1143），这应该就是《夷坚志》开始撰稿的确切年代。但是，当时洪迈只有二十一岁，血气方刚，虎虎有生气，能够在这个时候命笔撰写志怪体的笔记小说吗？这显然需要有其直接的个体诱因和足够的时代氛围。

先说个体诱因。绍兴十三年（1143）对洪家来说是难忘的一年，七月十四日，洪皓自金返国，当日在内殿晋见宋高宗，请求任职州郡，以便能在家乡侍养母亲，高宗慰勉有加，挽留说："卿忠贯日月，志不忘君，虽苏武不能过，岂可舍朕去邪！"退出后去见宰相秦桧，因为主张与金人战，与秦意见不合，最后于九月十一日以徽猷阁直学士、提举万寿宫兼权直学士院出外知饶州，就是说回到家乡去任职。这个时候的洪迈，因为上年与两位兄长参加博学宏词科考试落第，而留在原籍继续读书。父子相聚，其乐也融融。洪皓在北方十五年，阅历丰富，不免向洪迈谈一些见闻。比洪迈小四岁的周必大，在其《思陵录》中讲到宋高宗赵构乃五代钱武肃王的后身，即引《夷坚志》说："迈又记，其父皓在边买一妾，东平人，偕其母来。母曾在明节皇后阁中，能言显仁皇后初生太上时，梦金甲神人自称钱武肃王，寤而生太上。武肃即镠也，年八十一，太上亦八十一。卜都于此（按指南宋建都杭州），亦不偶然。"（转引自《退宾录》卷五）洪迈之所记，自然是得于他父亲的述说，从这里也可以知道他父亲所谈的见闻中确实会有许多奇怪的事情。这无疑极大地刺激了洪迈的好奇心，促使他产生了把这些神秘怪诞之事形诸笔墨的强烈愿望。

我们这样说，并非全出于推想，其实还有确凿的史料依据。试读《夷坚甲志》卷一，所记共十九事，有十五事的故事背景在北方，这些事不可能不得自洪皓。如第一事写孙九鼎遇鬼，后半段说孙"在金国十余年始状元及第，为秘书少监。旧与家君同为通类斋生，至北方屡相见，自说兹事"。这就是说，孙九鼎白日见鬼的事，是孙在北方亲口告诉洪皓，洪皓又讲给洪迈听的。又第二事《柳将军》、第三事《宝楼阁咒》下有洪迈自注云："二事皆孙九鼎言，孙亦有书纪此事甚多，皆近年事。"这里透露出的消息也很明白，孙九鼎应该是写有一本专记近年奇闻怪异的书，洪皓从北方携带回来，洪迈从中选录几条作为自己志怪书的开篇。说不定正是孙九鼎的书，成了《夷坚志》撰写工程的奠基石。

洪皓北方归来谈见闻，以及受到孙九鼎志怪书的触动，这些可以说是《夷坚志》开笔的直接外部诱因。外部诱因固然不可或缺，但若没有洪迈自身的内因起作用，又怎么会产生出持续六十年的无比巨大的动力？所以我们在探讨《夷坚志》撰写缘起的时候，研究洪迈自身的内因尤为重要。深入剖析一番，会感到内因是多方面的，概括说来，主要有三个方面，第一是性情爱好，第二是史家的责任感，第三是小说家的学术理念。这是一种自浅表层次向纵深层次开掘的表述法，也是一种自前期向中晚期发展的表述法。

关于洪迈的性情爱好，《宋史》本传有一段具体描述："幼读书日数千言，一过目辄不忘，博极载籍，虽稗官虞初，释老傍行，靡不涉猎。"这是说他从小爱读书，而且读得很杂，什么书都读。其中特意点出的"稗官虞初，释老傍行"，前者指野史小说，后者指佛、道和其他旁门邪说。显而易见，洪迈既有极旺盛的求知欲，又有极强烈的好奇心。说到这种好奇心，洪迈自己从不讳言。《夷坚乙志序》说："人以予好奇尚异也，每得一说，或千里寄声，于是五年间又得卷帙多寡与前编等，乃以乙志名之。"此序写于乾道二年（1166），洪迈四十四岁。庆元元年（1195），洪迈作《夷坚支乙序》说："老矣，不复著意观书，独爱奇习气犹与壮等。"这时他已是七十三岁的老翁了。另外，赵与时《宾退录》卷八引《夷坚支壬序》："子弟辈皆言，翁既作文不已，而掇录怪奇，又未尝少息，殆非老人颐神缮性之福，盍已之。余受其说，未再越日，膳饮为之失味，步趋为之局束，方寸为之不宁，精爽如痴。向之相劝止者，惧不知所出。于是逌然而笑，岂吾缘法在是，如驶马下临千丈坡，欲驻不可。姑从吾志，以竟此生。"按庆元三年（1197）五月十四日洪迈作《夷坚支癸序》，谓"支癸成于三十日间"，则《支壬序》当作于是年四月间，洪迈七十五岁，一旦停手搜奇志怪，即刻寝食不安，神情如痴。可见爱奇尚异从来就是洪迈的真性情，从幼及老，未尝少衰。对于洪迈的这一性情爱好，明朝的祝允明深有体悟，他说："昔洪野处《夷坚志》至于四百二十卷之富，彼其非有真乐者在，则胡为不中辍而能勉强于许久哉？吾以是知吾书虽芜鄙，不敢班洪，亦姑从吾所好耳。"（《志怪录自序》）所谓"真乐"云云，的确是知音之赏，起洪迈于地下，恐怕会祝引为莫逆之交吧。

洪迈立志于修史，且著有《四朝国史》《钦宗实录》《四朝史纪》《四朝列传》等数百卷，他平生不仅以史官自负，也以史家自许。前文所引《容斋三笔》卷四《九朝国史》、卷十三《四朝史志》诸条，已可见其大概。另据《宋史》本传，他曾"手书《资治通鉴》凡三"，《资治通鉴》是几近三百卷的大书，过录三遍需要巨大的决心和持久的毅力。《宋史·艺文志》证明，他后来编出了《节资治通鉴》一百五十卷，对《资治通鉴》一书不但读熟了，而且读通了，掌握了该书的精华所在。再联想到《宋史·艺文志》记载的《春秋左氏传法语》《史记法语》《前汉法语》《后汉精语》《三国志精语》《南史精语》《唐书精语》等书，可以说洪迈对先秦以来的历朝史书，皆有着浓厚的阅读兴趣，全都下过一番潜心研读的功夫，参订品藻，皆能得其要领。洪迈的这种读史功力，从浅里说，有助于提高修辞能力，为词科考试取胜打下雄厚的基础；从深处说，则无疑构筑了洪迈史学观念的生长点，既熔铸了他评论历史的观点，又锤炼了他描写历史的笔法。从这里我们也深深触摸到了洪迈以身相许的史家责任感。

现在收入"二十四史"中的《宋史》，成于元人之手，即使资料得自宋修国史、实录，但已看不到洪迈原书的影子，无法直接指证洪迈的史学观。洪迈的史家本色，只能到现存的《容斋随笔》和《夷坚志》中去寻找依据。清康熙三十九年（1700），洪璟重刻《容斋随笔》，卷首《纪事》说："先文敏公容斋先生《随笔》一书，与沈存中《梦溪笔谈》、王伯厚《困学纪闻》等，后先并重于世。其书自经史典故、诸子百家之言，以及诗词文翰、医卜星历之类，无不纪载，而多所辨证。昔人尝称其考据精确，议论高简，如执权度而称量万物，不差累黍，欧（欧阳修）、曾（曾巩）之徒所不及也。"这是后来明清人的看法，那么在当时的评价又如何呢？且看洪迈自己的说法。《容斋续笔序》说："是书先已成十六卷，淳熙十四年八月在禁林日，入侍至尊寿皇圣帝清闲之燕，圣语忽云：'近见甚斋随笔。'迈竦而对曰：'是臣所著《容斋随笔》，无足采者。'上曰：'煞有好议论。'迈起谢，退而询之，乃婺女所刻，贾人贩鬻于书坊中，贵人买以入，遂尘乙览。书生遭遇，可谓至荣。""煞有好议论"是对洪迈学术观点包括史学观念的一种肯定。如果认可了《容斋随笔》有关史论，我们就可以引录其文以说明洪迈的修史主张了。

《容斋四笔》卷十一《册府元龟》条说，宋真宗命儒臣编修君臣事迹，并指示"所编事迹，盖欲垂为典法，异端小说，咸所不取，可谓尽善"。编修官遂上言："近代臣僚自述扬历之事，如李德裕《文武两朝献替记》、李石《开成承诏录》、韩偓《金銮密记》之类，又有子孙追述先德叙家世，如李繁《邺侯传》《柳氏序训》《魏公家传》之类，或隐己之恶，或攘人之善，并多溢美，故匪信书。并僭伪诸国，各有著撰，如伪《吴录》《孟知祥实录》之类，自矜本国，事或近诬。其上件书，并欲不取。余有《三十国春秋》《河洛记》《壶关录》之类，多是正史已有；《秦记》《燕书》

之类，出自伪邦；《殷芸小说》《谈薮》之类，俱是诙谐小事；《河南志》《邠志》《平剡录》之类，多是故吏宾从述本府戎帅征伐之功，伤于烦碎；《西京杂记》《明皇杂录》，事多语怪；《奉天录》尤是虚词。尽议采收，恐成芜秽。"宋高宗采纳这些意见，以十年之力编成《册府元龟》一千卷。洪迈对于上述做法却颇不以为然，认为"其所遗弃既多，故亦不能暴白"。他又举例说："如《资治通鉴》则不然。以唐朝一代言之，叙王世充、李密事用《河洛记》，魏郑公谏争用《谏录》，李绛奏议用《李司空论事》，睢阳事用《张中丞传》，淮西事用《凉公平蔡录》，李泌事用《邺侯家传》，李德裕太原、泽潞、回鹘事用《两朝献替记》，大中吐蕃尚婢婢等事用林恩《后史补》，韩偓凤翔谋画用《金銮密记》，平庞勋用《彭公纪乱》，讨裘甫用《平剡录》，记毕师铎、吕用之事用《广陵妖乱志》，皆本末粲然。然则杂史、琐说、家传，岂可尽废也。"洪迈的结论是修史不可尽废杂史、琐说、家传之属，换言之，杂史、琐说、家传之属亦可入于正史，补缀正史之缺失。

在《夷坚志》诸序中，洪迈也有类似的见解。如《夷坚丁志序》，假设有人责难他，说他以三十年之久，劳动心口耳目，琐琐从事于神奇荒怪，浪费纸墨，篇幅已接近于《史记》的一半，而且事皆来自寒人、俚妇、下隶、走卒的传闻，"有是书不能为益毫毛，无是书于世何所欠"，他回答说："若太史公之说，吾请即子之言而印焉。彼记秦穆公、赵简子，不神奇乎？长陵神君、圯下黄石，不荒怪乎？书荆轲事，证侍医夏无且；书留侯容貌，证画工。侍医、画工，与前所谓寒人、巫隶何以异。善学太史公，宜未有如吾者。"这里径以搜奇志怪为"善学太史公"，无异于直白宣言：我所以撰写《夷坚志》，就是准备为修史提供生动鲜活的史传素材。

读了上面两段洪迈的自白，我们说洪迈撰写《夷坚志》的原因之一，正是源自一种史家的责任感，也许是可以成立的吧。除去性情爱好、史家的责任感之外，洪迈撰写《夷坚志》的第三个主观原因，乃是他的小说家理想。此处所说的"小说家"，取《汉书·艺文志》的定义："小说家者流，盖出于稗官。街谈巷语、道听途说者之所造也。"洪迈对于此类小说素多研究，亦津津乐道，其中优劣得失，说来如数家珍。较为全面的一段议论，见于《夷坚支癸序》：

> 刘向父子汇群书《七略》，班孟坚采以为《艺文志》。其小说类，定著十五家，自《黄帝》《天乙》《伊尹》《鬻子说》《青史》《务成子》咸在。盖以迂诞浅薄，假托圣贤，故卑其书。最后《虞初周说》九百四十三篇，出于稗官，街谈巷语，道听途说者之所造。当武帝世，以方士侍郎称黄车使者，张平子实书之《西京赋》中。噫！今亡矣。《唐史》所标百余家，六百三十五卷，班班其传，整齐可玩者，若牛奇章、李复言之《玄怪》，陈翰之《异闻》，胡璩之《谈宾》，温庭筠之《乾膜》，段成式之《酉阳杂俎》，张读之《宣室志》，卢子之《逸史》，薛渔思之《河东记》耳，余多不足读。然探赜幽隐，可资谈暇，《太平广记》率取之不弃也。惟柳祥《潇湘录》，大谬极陋，污人耳目，与李隐《大唐奇事》，只一书而妄名两人作。《唐志》随而兼列之，则失矣。

汉、唐数代小说一一披览，所服膺者仅止七八家而已，其余则概斥之为"多不足读"。那么，洪迈是根据什么标准来提出如此严苛的批评呢？答案似在《夷坚乙志序》："夫齐谐之志怪，庄周之谈天，虚无幻茫，不可致诘。

逮干宝之《搜神》，奇章公之《玄怪》，谷神子之《博异》，《河东》之记，《宣室》之志，《稽神》之录，皆不能无寓言于其间。若予是书，远不过一甲子，耳目相接，皆表表有据依者。"洪迈批评前代小说，如《庄子》之类则失于荒诞不经，而汉唐以下则兼有寓言，皆非他所主张的小说正体。他又以自己的《夷坚志》为证，提倡写小说要"耳目相接"，"表表有据依"。至于写作方法则要求："每闻客语，登（按"登"即登时、当时的意思）辄纪录，或在酒间不暇，则以翼旦追书之，仍亟示其人，必使始末无差戾乃止。"（《夷坚支庚序》）这样做的目的当然是为了"既所闻不失亡，而信可传"（同上）。总之，贯穿其中的基本精神只有一条："信以传信，疑以传疑"（《夷坚支丁序》）。凡此，无一不说明洪迈写小说，完全属于修史之余事；他小说家的学术理念，完全是从史家的"传信"观念中移植而来的。这种理念，虽说相对于前代小说来讲有不同流俗的一面，但若站在小说发展史的立场来看问题，从小说必须讲求虚拟性、文学性来说，又可以毫不客气地将之归入村学究的迂腐说教之列。洪迈在《夷坚戊志序》里曾讲过一则故事：

> 在闽汴时，叶晦叔颇搜索奇闻，来助纪录。尝言："近有估客航海，不觉入巨鱼腹中。腹正宽，经日未死。适木工数辈在，取斧斫斩鱼胁。鱼觉痛，跃入大洋，举船人及鱼皆死。"予戏难之曰："一舟尽没，何人谈此事于世乎？"晦叔大笑，不知所答。予固惧未能免此也。（《宾退录》卷八引）

他本来是想用这个故事来表白自己"信以传信"的写作态度，这里或者也有小说家的狡狯和幽默，但我们读后无论如何也笑不起来，心里只感到一种苦涩，眼前看到的不过是一位既弄小说而又须臾不离史法的迂夫子罢了。然而正是这位迂阔的史家，却立志要按照自己的学术构想，写出一部超越前人的小说。

《夷坚志》撰写的个体诱因已大略说完，但是我们在强调个体诱因的同时，切不可忽视时代的大氛围。《夷坚志》出现在南宋中期而不是晚期，更不是北宋时期，这是由小说发展的历史环境所决定的。秦汉以前的古小说，性质略等于杂史、杂传，所不同者仅在于篇幅和体例。如东汉的桓谭所说，此时的小说不过是"合残丛小语，近取譬喻，以作短书，治身理家，有可观之辞"（《文选·杂体诗三十首》李善注引《新论》）。魏晋南北朝时期，古小说成为独立文体，并分化为两大类，一类专记神怪，今人称为志怪小说；一类专记轶事，今人称为志人小说。自唐以下，再作分化，一类体近实录的称笔记小说，一类体近虚拟的称传奇小说。笔记小说主要是指其随笔杂录的形式而言，若就文体细分，偏于记载历史琐闻而有较多史料价值的，又可称为野史笔记；惟有偏于记叙短小故事而又具有文学色彩的，方可称为笔记小说。北宋初年的笔记小说，连同唐以前的笔记小说，一并编进了《太平广记》。宋代笔记小说的起点，可以从吴淑的《江淮异人录》算起。吴书专记剑侠、道流，题材独特，但叙事简陋。不管怎么说，《太平广记》及《太平御览》等大型类书的编纂，以及吴淑等人的出现，对北宋直至南宋的小说写作起了极大的推波助澜的作用。到洪迈生活的南宋中期，宋人志怪类笔记小说已有近五十种之多。只是洪迈对这些书少有许可，几乎从不予置评。从《夷坚志》各编自序可以知道，洪迈追慕的榜样是唐人"整齐可玩"的数种杰作，如《玄怪录》《酉阳杂俎》之类。他为自己悬标的写作规模是"《唐史》所标百余家，六百三十五卷"，甚或是《太平广记》的五百卷，所以他在《夷坚支癸序》中会自豪地说："予既毕《夷坚》十志，又支而广之，通三百篇，凡四千事，不能满者才十有一，遂半《唐志》所云。"尽管洪迈不以宋人小说诸作为意，但宋代高涨的小说创作势头，为他撰写《夷坚志》烘托了良好而浓郁的氛围。

第三章 《夷坚志》的成书过程

    《夷坚志》全编见于史料记载，当推何异的《容斋随笔序》为最早。何序提到自友人陈晔（日华）处，"尽得《夷坚》十志与支志、三志及四志之二，共三（应是"四"字之讹）百二十卷"。这是嘉定五年（1212）仲冬的事，上距洪迈之死仅仅十年。此后又过了三十年左右，又有南宋大藏书家陈振孙，在其《直斋书录解题》中著录："《夷坚志》，甲至癸二百卷，支甲至支癸一百卷，三甲至三癸一百卷，四甲、四乙二十卷，大凡四百二十卷。"（卷十一《小说家类》）南宋末年，赵与时激赏《夷坚志》各序，通作摘引，首句说："洪文敏著《夷坚志》，积三十二编，凡三十一序，各出新意，不相复重，昔人所无也。"（《宾退录》卷八）据此可知，《夷坚志》全帙共计三十二编，四百二十卷，直至南宋末年，仍有全帙行世。

    《夷坚志》三十一篇自序，至今全文保存下来的只有十二篇，依次是：《乙志序》《丙志序》《支甲序》《支乙序》《支景序》《支丁序》《支戊序》《支庚序》《支癸序》《三志己序》《三志辛序》《三志壬序》。另有《丁志序》一篇，末尾有缺文，约存大半。据现存诸篇自序，可以首先确定以下各编的成书时间：

    （1）《乙志》二十卷编成于乾道二年（1166）十二月十八日，洪迈四十四岁，有《乙志序》为证；

（2）《丙志》二十卷编成于乾道七年（1171）五月十八日，洪迈四十九岁，有《丙志序》为证；

（3）《支甲》十卷编成于绍熙五年（1194）六月一日，洪迈七十二岁，有《支甲序》为证；

（4）《支乙》十卷编成于庆元元年（1195）二月二十八日，洪迈七十三岁，有《支乙序》为证；

（5）《支景》十卷编成于庆元元年十月十三日，有《支景序》为证；

（6）《支丁》十卷编成于庆元二年（1196）三月十九日，洪迈七十四岁，有《支丁序》为证；

（7）《支戊》十卷编成于庆元二年七月五日，有《支戊序》为证；

（8）《支庚》十卷编成于庆元二年十二月八日，有《支庚序》为证；

（9）《支癸》十卷编成于庆元三年五月十四日，洪迈七十五岁，有《支癸序》为证；

（10）《三志己》十卷编成于庆元四年四月一日，洪迈七十六岁，有《三志己序》为证；

（11）《三志辛》十卷编成于庆元四年六月八日，有《三志辛序》为证；

（12）《三志壬》十卷编成于庆元四年九月六日，有《三志壬序》可证。

其余各编的成书时间，虽无直接题记，却可以通过自序文字及《夷坚志》本文一一考知。现在就将其结论简略论证如下：

（1）《甲志》二十卷编成于绍兴三十年（1160），洪迈三十八岁。按绍熙五年（1194）作《夷坚支甲序》说："《夷坚》之书成，其志十，其卷二百，其事二千七百九，盖始末凡五十二年。"由此上溯，则《甲志》

当始撰于绍兴十三年（1143）。又赵与时《宾退录》卷八引《庚志序》说：
"初《甲志》之成，历十八年。"自绍兴十三年下推十八年，应当是绍兴
三十年（1160）。清钱大昕《洪文敏公年谱》谓《甲志》记事最晚在绍兴
二十九年，遂以为《甲志》亦成于是年。李剑国先生《宋代志怪传奇叙录》（南
开大学出版社1997年版）引《甲志》卷十七《孟蜀宫人》条注，谓事在
绍兴三十二年（1162），遂定为《甲志》成书之年。钱、李二说似可商榷。

（2）《丁志》二十卷约编成于淳熙五年（1178），洪迈五十六岁。《宋
代志怪传奇叙录》说："《丁志》卷一七《甘棠失目》《薛贺州》皆为淳
熙三年（1176），而《薛贺州》末注云'后二年薛致仕'，殆成于淳熙五年。
《庚志序》有云：'自乙至己，或七年，或五六年。'乙去甲首尾五年（许
按：此以甲成于绍兴三十二年计算，若按绍兴三十年计算，则首尾为七年），
丙去乙近六年，丁去丙则当七年（虚计八年）。"此说可从。

（3）《戊志》二十卷约编成于淳熙十年（1183），洪迈六十一岁。按《夷
坚支甲序》说："《夷坚》之书成，其志十……盖始末凡五十二年，自甲
至戊，几占四纪，自己至癸，才五岁而已。"又《夷坚支乙序》说："故
至甲寅之夏季，《夷坚》之书，绪成《辛》《壬》《癸》三志合六十卷及《支
甲》十卷。"据此，《癸志》最晚当编成于绍熙五年（1194），或者即在
绍熙四年下半年。由此上推五年，知《己志》当编成于淳熙十六年（1189），
再据《庚志序》（《宾退录》卷八引）"初《甲志》之成，历十八年，自
乙至己，或七年，或五六年"，以己去戊为六年，则《戊志》之成正在淳
熙十年前后。若自绍兴十三年（1143）始撰《甲志》算起，至淳熙十年（1183）
《戊志》之成，历时四十七年，恰巧符合"几占四纪"（一纪为十二年）
之说。

（4）《己志》二十卷当编成于淳熙十六年（1189），洪迈六十七岁。说见《戊志》条，不赘述。

（5）《庚志》二十卷约编成于绍熙元年（1190），洪迈六十八岁。据《庚志序》（《宾退录》卷八引），自《己志》后"不过数阅月"而成《庚志》，则庚去己不及一载，姑定为绍熙元年。

（6）《辛志》二十卷约编成于绍熙二年（1191），洪迈六十九岁。按《夷坚支乙序》说："绍熙庚戌腊，予从会稽西归，方大雪塞途，千里而遥，冻倦交切。息肩过月许，甫收召魂魄，料理策简……故至甲寅之夏季，《夷坚》之书，绪成《辛》《壬》《癸》三志合六十卷及《支甲》十卷。"庚戌为绍熙元年，甲寅为绍熙五年。洪迈于绍熙元年十二月以提举隆兴府玉隆万寿宫离开绍兴府（会稽）任，西归鄱阳，稍事休息，翌年二月又进入匆匆撰稿状态，必是当年即完成《辛志》。

（7）《壬志》二十卷编成于绍熙四年（1193），洪迈七十一岁。按《癸志序》（《宾退录》卷八引）说："九志成，年七十有一。"史有明文，不容置疑。

（8）《癸志》二十卷约编成于绍熙四年（1193）至五年的冬春之交，洪迈七十一二岁。按《支甲》十卷编成于绍熙五年六月初一，则《癸志》之成当在此之前。

（9）《支己》十卷当编成于庆元二年（1196）十月，洪迈七十四岁。按《宋代志怪传奇叙录》说："《支戊》成于庆元二年（1196）七月，而《支庚》成于十二月，起于十月二十五日，成于腊月八日（序称'起良月庚午，至腊癸丑'，据《二十史朔闰表》，是年十月、腊月均为丙午朔），'越四十四日而成'，然则《支己》之成在十月间。"此说可从。

（10）《支辛》十卷约编成于庆元三年（1197）二月或三月，洪迈七十五岁。按《宋代志怪传奇叙述》说："庆元三年五月十四日作《支癸序》，'成于三十日间'，则《支壬》之成在当年四月中，而《支辛》当在二三月写成。"此说可从。

（11）《支壬》十卷约编成于庆元三年（1197）四月，洪迈七十五岁。用《宋代志怪传奇叙录》说，见《支辛》条。

（12）《三志甲》十卷当编成于庆元三年（1197）闰六月，洪迈七十五岁。按《三志甲序》（《宾退录》卷八引）说："懔子、偓孙罗前人所著稗说来示，如徐鼎臣《稽神录》、张文定公《洛阳旧闻记》、钱希白《洞微志》、张君房《乘异》、吕灌园《测幽》、张师正《述异志》、毕仲荀《幕府燕闲录》七书，多历年二十，而所就卷帙皆不能多。《三志甲》才五十日而成，不谓之速不可也。"据《支癸序》已知《支癸》编成于庆元三年五月十四日，五十日后应为闰六月初六。

（13）《三志乙》十卷约编成于庆元三年（1197）八月，洪迈七十五岁。按《三志己》十卷编成于庆元四年四月一日，有《三志己序》为证。在《三志己》之前有《三志乙》《三志景》《三志丁》《三志戊》四编各十卷，前后历时仅十个月，平均不到两个月一编。又据《容斋四笔序》知《四笔》成于庆元三年九月二十四日。《容斋四笔序》称："曩自越府归，谢绝外事，独弄笔纪述之习不可扫除，故搜采异闻，但绪《夷坚志》，于议论雌黄不复关抱。而稚子懔每见《夷坚》满纸，辄曰：'《随笔》《夷坚》皆大人素所游戏，今《随笔》不加益，不应厚于彼而薄于此也。'日日立案旁，必俟草一则乃退。"细味文义，则《三志乙》成编当略早于《四笔》，姑定在《四笔》前一月，去《三志甲》两个月有余。

（14）《三志景》十卷约编成于庆元三年（1197）十月，洪迈七十五岁。说见《三志乙》条，去《三志乙》成编两个月左右。

（15）《三志丁》十卷约编成于庆元三年（1197）十二月，洪迈七十五岁。说见《三志乙》条，去《三志景》成编亦一月有余。

（16）《三志戊》十卷约编成于庆元四年（1198）二月，洪迈七十六岁。说见《三志乙》条，去《三志丁》成编又近两月。

（17）《三志庚》十卷约编成于庆元四年（1198）五月，洪迈七十六岁。按《三志己》编成于庆元四年四月一日，《三志辛》编成于庆元四年六月八日，有《三志己序》《三志辛序》为证。二者之间不过两个月有零，即便按常理判断，《三志庚》似也应编成于庆元四年五月间。

（18）《三志癸》十卷约编成于庆元四年（1198）冬（十一月或十二月），洪迈七十六岁。按赵与时《宾退录》卷八引《三志癸序》，概括为一句话："言《太平广记》《类聚》之误。"又陈振孙《直斋书录解题》说："今迈亦然，晚岁急于成书，妄人多取《广记》中旧事，改窜首尾，别为名字以投之，至有数卷者，亦不复删润，径以入录。"二说互相呼应，或者陈氏所指数卷即在《三志癸》中，惟"晚岁"不知确指何年。现在只能根据前此数编成书皆在两三月间类推，大约《三志癸》成于庆元四年之末。

（19）《四志甲》十卷约编成于庆元六年（1200），洪迈七十八岁。按赵与时《宾退录》卷八引《四志甲序》为"辨夷坚为皋陶别名"，可证此编在生前已编就，姑以庆元六年为其结稿时间。《四志甲》与《三志癸》之间所以相隔一年，是考虑到洪迈毕竟年事已高，也许需要一段间歇期。

（20）《四志乙》十卷当编成于嘉泰二年（1202），洪迈八十岁。按赵与时《宾退录》卷八说："至《四志乙》，则绝笔之书，不及序。"又，何异《容斋随笔序》说："自一至四各十六卷，五则绝笔之书，仅有十卷。"这说明洪迈临终之际，还有《夷坚四志乙》和《容斋五笔》两种未及完成，前者已足十卷之数，惟缺一篇序，后者尚不足十六卷之数，可知《容斋五笔》之中辍更在其后。

归纳上述论断，现将各编成书情况列表如下：

编名	起止年代	所需时间	作者年龄	备 注
甲	绍兴十三年 (1143) 起 绍兴三十年 (1160) 止	十八年	二十一 三十八	《支甲序》："《夷坚》之书成，其志十……盖始末凡五十二年。"
乙	乾道二年 (1166) 十二月止	六年	四十四	《乙志序》
丙	乾道七年 (1171) 五月止	五年	四十九	《丙志序》
丁	淳熙五年 (1178) 止	七年	五十六	有序，见《宾退录》
戊	淳熙十年 (1183) 止	五年	六十一	《支甲序》："自甲至戊，几占四纪。"
己	淳熙十六年 (1189) 止	六年	六十七	《支甲序》："自己至癸，才五岁而已。"
庚	绍熙元年 (1190) 止	数月	六十八	《庚志序》(《宾退录》引)
辛	绍熙二年 (1191) 止	数月	六十九	《支乙序》
壬	绍熙四年 (1193) 止	二年	七十一	《癸志序》："九志成，年七十有一。"(《宾退录》引)
癸	绍熙四年 (1193) 冬止	数月	七十一	有序，见《宾退录》

续表

编名	起止年代	所需时间	作者年龄	备 注
支甲	绍熙五年 (1194) 六月止	数月	七十二	《支甲序》
支乙	庆元元年 (1195) 二月止	数月	七十三	《支乙序》
支景	庆元元年 (1195) 十月止	数月	七十三	《支景序》
支丁	庆元二年 (1196) 三月止	数月	七十四	《支丁序》
支戊	庆元二年 (1196) 七月止	数月	七十四	《支戊序》
支己	庆元二年 (1196) 十月止	四十 四日	七十四	《支庚序》："越四十四日而成。"
支庚	庆元二年 (1196) 十二月止	数月	七十四	《支庚序》
支辛	庆元三年 (1197) 二月止		七十五	有序，见《宾退录》
支壬	庆元三年 (1197) 四月止	月余	七十五	有序，见《宾退录》
支癸	庆元三年 (1197) 五月止	三十日	七十五	《支癸序》
三志甲	庆元三年 (1197) 闰六月止	五十日	七十五	《三志甲序》："才五十日而成。"（《宾退录》引)
三志乙	庆元三年 (1197) 八月止	月余	七十五	有序，见《宾退录》
三志景	庆元三年 (1197) 十月止	月余	七十五	有序，见《宾退录》

续表

编名	起止年代	所需时间	作者年龄	备 注
三志丁	庆元三年 (1197) 十二月止	月余	七十五	有序，见《宾退录》
三志戊	庆元四年 (1198) 二月止	月余	七十六	有序，见《宾退录》
三志己	庆元四年 (1198) 四月止	三十日	七十六	《三志己序》
三志庚	庆元四年 (1198) 五月止	月余	七十六	有序，见《宾退录》
三志辛	庆元四年 (1198) 六月止	月余	七十六	《三志辛序》
三志壬	庆元四年 (1198) 九月止	数月	七十六	《三志壬序》
三志癸	庆元四年 (1198) 冬止	数月	七十六	有序，见《宾退录》
四志甲	庆元六年 (1200) 止	年余	七十八	有序，见《宾退录》
四志乙	嘉泰二年 (1202) 止	年余	八十	绝笔，无序

　　《夷坚志》在撰写过程中，还有几个问题需要予以交待。第一是书名问题。赵与时《宾退录》卷八引《夷坚辛志序》说："初著书时，欲仿段成式《诺皋记》，名以《容斋诺皋》，后恶其沿袭，且不堪读者辄问，乃更今名。"《诺皋记》是唐代段成式《酉阳杂俎》前集卷十四、十五的篇名，皆记鬼神怪异之事。"诺皋"的含义比较难理解，博学如清代的四库馆臣，也只在《四库全书总目提要》中说："其子目有曰《诺皋记》者，吴曾《能

改斋漫录》以为'诺皋，太阳神名，语本《抱朴子》'，未知确否？"后来姚宽（《西溪丛语》卷上）、谭嗣同（《石菊影庐笔识》卷一）、余嘉锡（《四库提要辨证》卷十八）皆有考辨，认为"诺皋为禁咒发端之词"，"成式此篇有取于巫祝之术，故以禁咒发端之诺皋名篇"（余嘉锡语）。其实可以肯定地说，以洪迈对《酉阳杂俎》的熟悉程度而言，他对诺皋的寓意应该是清楚的。今存《夷坚志补》卷十四《主夜神咒》条说：

> 予为礼部郎日，斋宿祠宫，与宋才成、裴侍郎夜语及神异事。宋云："吾旧苦畏，梦人授一偈，才数字，觉而忆之，每独处临卧，辄诵百过，觉心志自然，不复恐。"予曰："非所谓婆珊婆演底乎？"宋惊曰："未尝言，君何以知之？"予曰："不惟知其名，且能究所出。"宋请予道本末，予曰："始读段成式《酉阳杂俎》，载主夜神咒曰婆珊婆演底，'持之夜行及寐，可却恐怖恶梦'，而莫晓其故。后读《华严经》，乃得其说。"

洪迈所引录的这段话，见于今本《酉阳杂俎》前集卷五《怪术》篇。由此可知，他对段氏此书似已翻读到滚瓜烂熟的地步。难怪他在《支癸序》中以《酉阳杂俎》与《玄怪录》《宣室志》等并称，统归入"整齐可玩"之属。

段成式《酉阳杂俎》前集卷十四首条为小序，序的后半说："成式因览历代怪书，偶疏所记，题曰《诺皋记》。街谈鄙俚，舆言风波，不足以辨九鼎之象，广七车之对，然游息之暇，足为鼓吹耳。"洪迈的《夷坚志》同样属于"街谈鄙俚"的志怪书，拟名为《容斋诺皋》自无不可。后来虽然改为今名，但不忍割舍之情仍见于卷端。《夷坚支甲序》说："初，予欲取稚儿请，用十二辰续未来篇帙。又以段柯古（成式字柯古）《杂俎》

谓'其类相从曰支'。如《支诺皋》《支动》《支植》，体尤崛奇。于是名此志甲《支甲》，是与前志附庸，故降为十卷。"洪迈最后采用了段氏续集名为支的做法。此又可见段书对洪迈影响之深巨。

在书名上还有一件具体的事要说一说。《夷坚志》初集第三编称《丙志》，二集第三编则称《支景》，三集又有《三志景》，为何有此不同呢？洪迈自己有解释，《支景序》说："昔我曾大父少保讳与天干甲乙下一字同音，而左畔从火，故再世以来，用唐人所借，但称为景。当《夷坚》第三书出，或见惊曰：'礼不讳嫌名，私门所避若为家至户晓，徒费词说耳。'乃直名之。今是书萌芽，稚儿力请曰：'大人自作稗官说，与他所论著及通官文书不侔，虽过于私无嫌，避之宜矣。'于是目之曰《支景》。惧同志观者以前后矛盾致疑，故识其语。"原来是因为要避曾祖洪炳的名讳，才改称《支景》《三志景》的。

今正式用名称"夷坚"，其来自何处，又确指何意呢？按《列子·汤问篇》说："终北之北，有溟海者，天池也，有鱼焉，其广数千里，其长称焉，其名为鲲。翼若垂天之云，其体称焉。世岂知有此物哉？大禹行而见之，伯益知而名之，夷坚闻而志之。"晋张湛有注释说："夫奇见异闻，众之所疑。禹、益、坚岂直空言谲怪以骇一世？盖明必有此物，此遣执守者之固陋，除视听者之盲聋耳。夷坚未闻，亦古博物者也。"这里是说，在终北国的北边，有一个黑色的大海叫天池，其中有大鱼名鲲，体大数千里，双翅展开像遮天的乌云，大禹经过时曾看到过，伯益有学问给它取了名字，夷坚听说后记了下来。但夷坚是何许人，连晋代的张湛也没听说过，推测他应该是古代一位博闻多识的人。洪迈晚年对夷坚其人有所稽考，认为"夷坚为皋陶别名"（见《宾退录》引《四志乙序》），可惜已见不到他的论证过程。元陈栎《勤有堂随录》记洪迈此书,曾说:"夷坚即《左传》中所谓庭坚,即皋陶也。"洪迈之说或类此。洪迈本此而为他的书更名,显然是取其未尝见其事而记之之义。洪迈为他的书定名应在《甲志》杀青之日,亦即绍兴三十年(1160)。大约到了淳熙十六年(1189)《己志》编成时,他读到了唐代张敦素的志怪小说《夷坚录》,于是在《己志序》中写下了这样的话:"昔以'夷坚'志吾书,谓与前人诸书不相袭。后得唐华原尉张慎素("慎"字误)《夷坚录》,亦取《列子》之说,喜其与己合。"(《宾退录》卷八引)《夷坚录》又称《夷坚集》,唐朝时有三卷,今已散佚。另外,虽用"夷坚"命名,但《甲志》二十卷最初问世时,并没有决定按天干排序,等到乾道二年(1166)《乙志》成书,这才开始称甲、乙二书。对此,《夷坚乙志序》亦有说明:"《夷坚》初志成,士大夫或传之,今镂版于闽,于蜀,于婺,于临安,盖家有其书。人以予好奇尚异也,每得一说,或千里寄声,于是五年间,又得卷帙多寡与前编等,乃以《乙志》名之。凡甲、乙二书,合为六百事,天下之怪怪奇奇尽萃于是矣。"可见当初闽、蜀、婺等地雕版时,《甲志》径称《夷坚志》,后来则泛称"初志"或"前编"。

《夷坚志》卷帙浩繁,如洪迈《支癸序》所说:"予既毕《夷坚》十志,又支而广之,通三百篇,凡四千事。"如果依据这个三百卷含四千事的平均值统计,则全书四百二十卷所含已达五千四百事,其数量之大,令人惊叹。如此之多的故事,究竟从何而来?也就是说,洪迈在撰写过程中是如何搜集素材的呢?逐条细检现存各卷注文便不难发现,《夷坚志》的叙事素材无非两大来源,一是得自传闻,二是抄撮他书。洪迈著书讲求"耳目相接,皆表表有据依"(《乙志序》),关于资料来源,也曾在自序中如实相告。如《支丁序》说："稗官小说家言不必信，固也。信以传信，疑以传疑，自《春秋》三传则有之矣，又况乎列御寇、惠施、庄周、庚桑楚诸子汪洋寓言者哉。《夷坚》诸志，皆得之传闻，苟以其说至，斯受之而已矣。聱牙畔奂，予盖自知之。"此处专说得自传闻。又如《支庚序》说："又从吕德卿得二十说，乡士吴潦伯秦出其乃公时居轩居士昔年所著笔记，剿取三之一为三卷，以足此篇。"此处专言抄撮他书。从总的成书过程看，大概初集十编多得之传闻，支集以下急于成编，遂较多剿取他书。

《夷坚》甲、乙、丙三书行世以后，社会上可能有所诘难，《丁志序》无疑是一篇辩词。从序文可知，诘难的重点有两个，一则认为作者"不能玩心圣经，劳动心口，从事于神奇荒怪，索墨费纸，殆半《太史公书》为可笑"（《宾退录》引），一则认为所得传闻"非必出于当世贤卿大夫"，而是出于"寒人、野僧、山客、道士、瞽巫、俚妇、下隶、走卒"，"益可笑"。这后面的诘难无形中道出了一种现实，即传闻的载体既有官僚士大夫，又有平民百姓，然而最主要的还是平民百姓的市井委巷之谈。据李剑国先生《宋代志怪传奇叙录》的统计，现存各卷涉及到的传闻提供者有四百八十余人。其中属于官僚士大夫的，多为洪迈的"群从姻党"（《支乙序》："群从姻党，宦游岷、蜀、湘、桂，得一异闻，辄相告语。"），较知名的有朱新仲、洪兴祖、王柜、叶黯等。"例如洪迈弟景裴（名邃）在洪氏家族中是最热心的故事提供者，又如朱从龙提供故事多达九十二个（《支甲》《支乙》《支丁》《三志己》）"（李剑国先生语）。属于平民百姓的传闻，书中也有明显的记录痕迹可寻。如《甲志》卷三《万岁丹》条注："县人董猷说。"《甲志》卷七《法道变饿鬼》条注："宣僧日智说，时在虎丘寺见之。"像这样的注所在多有，不烦枚举。

　　《夷坚志》抄撮他书，事例亦复不少。李剑国《宋代志怪传奇叙录》说："据统计，洪迈'剽剟'的他人作品多达七十余种，其中若《支乙》抄刘名世《梦兆录》十四事，《支庚》抄吴良史笔记四十五事，《三志己》抄李子永（泳）《兰泽野语》十七事，《三志辛》抄陈莘《松溪居士径行录》十三事，《三志壬》抄王灼《颐堂集》十一事，数量很多。抄录时较长的文字一般作了节略。"除李说之外，不妨再举数例：

　　（1）《甲志》卷十五《罗浮仙人》条注："英州人郑总作传。"说明此条节录自郑总所作的传记。

　　（2）《乙志》卷四《张文规》条注："临川人吴可尝作传，文规之孙平传之。"这是从张平手中看到了吴可所作的传记。

　　（3）《丙志》卷十三《林翁要》条注："右四事皆福州太平寺僧蒋宝所传。宝有一书曰《冥司报应》，记此事。"说明该条节录自《冥司报应》。

　　（4）《丙志》卷十《雍熙妇人词》条注："右二事皆见周紫芝少隐《竹坡诗话》。"这是说抄自《竹坡诗话》。

　　（5）《支景》卷七《九月梅诗》条注："右二事见潮人王中行教授所作《图经》。"则此事抄自《潮州图经》。

　　（6）《支庚》卷六《徐问真道人》条注："见坡《志林》。"这是抄自苏轼的《东坡志林》。按洪迈《支辛序》"谓东坡《志林》、李方叔《师友谈记》、钱丕《行年杂记》之类四五书，皆偶附著异事，不颟《虞初》九百之篇，士大夫或弗能知，故剽剟以为助，不几乎三之一矣。"（《宾退录》引）说明"剽剟"之举实乃作者有意为之。

　　（7）《支癸》卷十《古塔主》条注："右三事见马永卿《懒真子录》。"马永卿是北宋人。

　（8）《三志己》卷一《吴女盈盈》条注："（王）山有《笔奁录》，详记所遇。"又《长安李妹》条注："亦见《笔奁录》。"王山亦北宋人，《笔奁录》为传奇小说集。总而言之，《夷坚志》所录属于作者亲历者绝少，什九得自他人口述或剿袭他书。

第四章　《夷坚志》的版本及其存佚

　　《夷坚志》最早见于书目著录，是在南宋大藏书家尤袤的《遂初堂书目》中，列在小说类。限于体例，其著录只及书名，无卷数，无撰人。尤袤比洪迈小五岁，其卒则早于洪迈八年。尤袤卒于绍熙五年（1194），当时《夷坚》十志刚刚写完，估计壬、癸等编尚未及付梓，尤袤自然无从得见。完整著录《夷坚志》四百二十卷的，是略晚于洪迈的陈振孙。大概在宋理宗淳祐年间，陈振孙在其《直斋书录解题》卷十一小说家类著录："《夷坚志》，甲至癸二百卷，支甲至支癸一百卷，三甲至三癸一百卷，四甲、四乙二十卷，大凡四百二十卷。"在此之前，嘉定五年（1212）何异序《容斋随笔》，已谈及"《夷坚》十志与支志、三志及四志之二"。不过几乎与陈振孙同时的赵希弁，他在校刻晁公武的《郡斋读书志》时，补其所缺编为《附志》，其中《拾遗》部分著录"《夷坚志》四十八卷"，不知为十志还是支志、三志，明显是个残本，至少说明《夷坚志》全帙流传不广，或者在南宋覆亡之前已无足本存世。因此，元人编撰的《宋史·艺文志》仅著录甲、乙、丙志六十卷和丁、戊、己、庚志八十卷，而元陈栎《勤有堂随录》则谓"今坊中所刊廑四五卷"。到了明代，杨士奇《文渊阁书目》卷十一著录凡四部，一部十八册，三部十二册，皆注明残缺；朱睦㮮《万卷堂书目》卷三著录为二十卷。性喜聚书的胡应麟，不无遗憾地说："遍询诸方弗获，至物色藏书之家，若童子鸣、陈晦伯，皆云未睹。"（《少室山房类稿》卷二百零四《读夷坚志》）后来得到一部抄本，"其首撰甲至癸百卷皆亡，仅支甲至支癸十帙耳。迨其中己、辛、壬等帙又三甲中书，盖支志亡其三，而三志亡其七矣"（同上）。清修《四库全书》著录《夷坚支志》五十卷，《提要》称"此本仅存自甲至戊五十卷"，"乃支甲至支戊，非其正集"。

因为《夷坚志》内容庞杂，不便翻检，在南宋时就已有不同的选本出现。如嘉定五年（1212）何异在《容斋随笔序》中提到："仆又尝于陈日华晔，尽得《夷坚》十志与支志、三志及四志之二，共三（当作"四"）百二十卷，就摘其间诗词、杂著、药饵、符咒之属，以类相从，编刻于湖阴之计台，疏为十卷，览者便之。仆因此搜索《志》中，欲取其不涉神怪，近于人事，资鉴戒而佐辩博，非《夷坚》所宜收者，别为一书，亦可得十卷。俟其成也，规以附刻于章贡可乎？"又陈振孙《直斋书录解题》卷十一小说家类亦著录《夷坚类编》三卷，谓"四川总领陈昱日华取《夷坚志》中诗文、药方，类为一编"。此陈昱当即陈晔之误（参见《夷坚三志己》卷七《善谑诗词》条），惟不知此所谓三卷是否即何异所说的十卷。何异自己拟议中另编十卷"不涉神怪"的选本，未见他处记载，想必是未能如愿成书。

南宋的另外一种选本，是叶祖荣的《新编分类夷坚志》五十一卷。此书虽不见于各家书目著录，但迄今完好保存有明仿宋刻本，这就是明嘉靖二十五年（1546）洪楩清平山堂刻本，题曰"鄱阳洪迈景卢纪述，建安叶氏祖荣类编"。洪刻本卷首有嘉靖二十五年田汝成序，田序说："夷坚之名，昉于庄子，其言大鹏寥阔而无当，故托征于夷坚之志，所谓寓言十九者，此其首也。有宋洪公景卢仍其名而为之志，杂采古今阴骘冥报、可喜可愕之事，为四百二十卷。史氏称其博极载籍，而稗官、虞初靡不涉猎，信哉！

今行于世者五十一卷，盖后人病其繁复而加择焉，分门别类，非全帙也。"叶祖荣的编选宗旨是否如田氏所说，已没有其它史料可作比较。叶选共择录六百四十二事，分编为甲、乙、丙、丁、戊、己、庚、辛、壬、癸十集，集各五卷，惟己集为六卷。每卷下又分门类，如甲集卷一为忠臣门，包括尽忠和不尽忠二类；卷二为孝子门，包括孝子、孝妇二类；卷三仍为孝子门，包括不孝子、不孝妇二类；卷四为节义门，只义夫节妇一类；卷五仍为节义门，只不义一类。各类下条目多寡不一。其它各集所设门类，概要说来，大抵是乙集分阴德、阴谴、禽兽三门，丙集分冤对报应、幽明二狱、欠债、妒忌四门，丁集分贪谋、诈谋骗局、奸淫、杂附、妖怪五门，戊集分前定、冥婚嗣息、夫妻三门，己集分神仙、释教、淫祀三门，庚集分神道、鬼怪二门，辛集分医术、卜相、杂艺、妖巫、梦幻五门，壬集分奇异、精怪、坟墓三门，癸集分设醮、冥官、善恶、僧道恶报、入冥五门。全书总分三十六门，计一百十一类。

叶祖荣的生卒仕履已无可考，清陆心源有题跋认为"当是南宋末人"。今以叶选五十一卷本与现存初、支、三志各卷作比较，发现叶本取材仅止初、支志各卷，三志中竟无一事编入。这应该是一条有力的证据，证明叶选必是出现于三志通行之前，成书的下限当不会晚于庆元四年（1198）《三志丁》《三志戊》告竣之日。据此，则叶祖荣极可能是宋光宗、理宗时人，不会迟至宋元之际，否则他就来不及读到初、支各志的全本了。明嘉靖二十五年（1546）清平山堂刊刻的五十一卷本，今藏国家图书馆、上海图书馆、山东图书馆、湖北图书馆。当年商务印书馆张元济先生辑录《夷坚志》时，特别重视这个本子，曾逐事与《夷坚志》原本现存各卷进行过核验。张有跋语说："建安叶氏分类本所辑，不见于今存百八十卷中者，尚有二百七十七则，因辑为二十五卷，名曰《志补》。"《志补》已收入中华书局 1981 年版《夷坚志》第四册。

值得注意的是，清平山堂所刻的这个《新编分类夷坚志》五十一卷本，在明清人题记中有时被妄称为五十卷。如明胡应麟《读夷坚志》一则说："武林刻本《夷坚志》，不知始自何时，以余所得百卷参之，盖亦洪氏之纂，非后人伪托也。其叙事气法相类如一，意南渡宋亡之后，原书散佚，剞劂者难于补亡，又卷帙繁，迄工不易易，故摘录其中专志奇诡事，自余冗碎，咸汰弗录，且胪列门类，以便行世。其书仅五十卷。"又如清陆心源《夷坚志序》说："《四库》所收支甲至支戊五十卷，民间颇不易得。所通行者，有明仿宋刊《分类夷坚志》五十类，盖宋人摘录之本。"胡、陆所说的五十卷本皆为五十一卷本之误。

《夷坚志》在宋代的刊布情况，洪迈曾有记述。首见于乾道二年（1166）所作《乙志序》："《夷坚》初志成，士大夫或传之，今镂版于闽，于蜀，于婺，于临安，盖家有其书。"序后又有题记："八年夏五月，以会稽本别刻于赣，去五事，易二事，其他亦颇有改定处。淳熙七年七月又刻于建安。"所谓"初志"，即后来的《夷坚甲志》二十卷，最初只称《夷坚志》。这里说的镂版地点，闽指今福州，蜀指今成都，婺指今金华，临安指今杭州，会稽指今绍兴，赣指今赣州，建安指今建瓯，可见甲志的首次印本和其后的重刻本，遍及今福建、浙江、四川等地，真可以说是大行于世。此后乙、丙、丁诸志何处雕版，流播如何，史无明文，不过《宾退录》撮录《庚志序》说："末又载章德懋使虏，掌讶者问：'《夷坚》自《丁志》后，曾更续否？'而引乐天、东坡之事以自况。"远在北方的金国都有人问起有无续书，足见甲志以后，其他各志的抄传刻印也一定是很普遍的。

元代的版本存佚情况，除陈栎《勤有堂随录》简要记述外，还有沈天佑的《夷坚志序》可以让我们知道更多的情况。沈序说：

> 《夷坚志》乃鄱阳洪公迈之所编也。公广览博闻，好奇尚异，游宦四方，采摭众事，集成此编。分甲、乙、丙、丁四志，每志有二十卷，每卷十一事或十三四事，譬诸小道，亦有可观。载考其序，乃知此志镂版不一，有婺本，有闽本，而古杭亦有本，公随所寓锓梓。今蜀、浙之版不存，独幸闽版犹存于建学。然点检诸卷，遗缺甚多。本路张府判绍先提调学事，勉予访寻旧本补之，奈闽版久缺，诚难再得其全。幸友人周宏翁，于文房中尚存此书，是乃洪公所刊于古杭之本也。然其本虽分甲、乙至壬、癸为十志，似与今来闽本详略不同，而所载之事，亦大同小异。愚因摭浙本之所有，以补闽本之所无。兹遇廉使相公陈先生居济分司来此，益加勉励，遂即命工镂版，四十有三，始完其编，庶不失洪公编茸之初意。由是《夷坚志》之传于天下后世，可为全书矣。

沈天佑所看到的也仅止是甲、乙、丙、丁四志，以及与此四志"大同小异"的所谓十志，十志中或已窜入支志、三志之文。张元济先生对此所作的分析是："按沈天佑序，谓洪公刊于古杭之本分甲、乙至壬、癸为十志，又谓杭本与闽本详略不同，所载之事亦大同小异。又谓摭浙本所有补闽本所无，是或杭本汇辑诸志，并无支志、三志之别，沈氏遂任取若干以补其缺，亦未可知。"（《夷坚志跋》）沈天佑的本子传至清代，见于徐氏《传是楼宋元版书目》。清乾隆五十七年（1792），严元照自苏州钱氏萃古斋购得此本，对其版本有如下鉴定：

此系宋时闽本，元人以浙本修补，见卷首元人一斋沈天佑序。序
中纪年一行，则已为俗子剜去矣。书内尚有夺叶，其所补有以宋版补
者，有元人所刊补者。凡宋版所补，皆其原文；元人所补，多取支志、
三志之文窜入之。如《甲志》所载无绍兴以后事，而所补乃及于庆元，
此其证也。

清嘉庆九年（1804），严元照还将此本过录了一个副本。次年，将宋本卖
给了阮元。阮元随后又据宋本影写进呈。再往后，这个宋本经黄丕烈、汪
士钟、胡珽之手，归于陆心源。陆氏重刊于《十万卷楼丛书》。阮元也以
影抄本编入了《宛委别藏》丛书。宋刻元补本甲、乙、丙、丁四志八十卷
的流传踪迹大略如是，惟原本今已不知散落何方。

清嘉庆十二年（1807）正月六日，大藏书家黄丕烈有题跋说："余所
藏宋刻，有《夷坚》支甲一至三三卷，七、八两卷，皆小字棉纸者。《夷坚》
支壬三至十共八卷，《夷坚》支癸一至八共八卷，皆竹纸大字者。近又得《夷
坚志》乙一至三三卷，此本系旧抄。支甲至支戊五十卷，支庚、支癸二十
卷，又三志己十卷，三志辛十卷，三志壬十卷，取两集以配全，而其□俱
不全本也。每见近时坊刻称《夷坚志》者，大都发源于是，而面目又改矣。"
黄丕烈后来在影宋抄的基础上，搞了一个《夷坚志》的校本，计有《夷坚
甲志》二十卷、《乙志》二十卷、《丙志》二十卷、《丁志》二十卷、《支
甲》十卷、《支乙》十卷、《支丙》十卷、《支丁》十卷、《支戊》十卷、
《支庚》十卷、《支癸》十卷、《三志己》十卷、《三志辛》十卷、《三
志壬》十卷，其中《支甲》十卷、《支乙》十卷、《支丙》十卷、《支丁》
十卷、《支戊》十卷、《支庚》十卷、《支癸》十卷、《三志己》十卷、《三

志辛》十卷、《三志壬》十卷配清抄本，《支癸》卷七系黄抄补。此本今藏上海图书馆。

1920年，张元济先生拟辑印《夷坚志》全书时，除了依据严元照、黄丕烈的抄本，还提到涵芬楼所藏的四种版本："一明姚江吕胤昌本，无刊刻年月；一清周信传本，刊于乾隆四十三年；一明建安叶祖荣分类本，刊于嘉靖二十五年；一明抄本，无年月。"其中的周信传本，即清乾隆四十三年（1778）周棨耕烟草堂刻本，今藏国家图书馆，《北京图书馆古籍善本书目》著录：《夷坚志》甲集二卷、乙集二卷、丙集二卷、丁集二卷、戊集二卷、己集二卷、庚集二卷、辛集二卷、壬集二卷、癸集二卷。张元济以四本互校，得出结论说："吕、周二本均以甲乙编次，分为十集。惟吕本称《新刻夷坚志》，集各一卷，周本称《夷坚志》，分一集为上下而不分卷。吕本多于周本凡二十四事，而周本所独有者亦十八事。然所分十集，甲乙次第，与黄氏所藏之支志、三志并同，亦与胡应麟所得四甲中之一周，支志亡其三、三志亡其七者相合。黄氏谓取两集以配全，而其□俱不全本，不知明人已先为之。黄氏旧抄与吕、周二本互有增损，是必当时传抄之讹。明人刻书大都以意改窜，此盖欲泯其残阙之迹，故并支志、三志之名而削之。"又说："建安叶氏本与明抄本同出一源，词句略殊，门类悉合。虽与原书篇第尽已变更，而所辑各事见于今存各卷中者，颇有异同，足资考订。"（《夷坚志跋》）现在国家图书馆藏《新刻夷坚志》十卷（存七卷，一至三，五至七，九），明书林唐晟刻本，此即明姚江吕胤昌校本。

在以上各本之外，我们今天还可以看到两个明本，一是明祝允明手抄的《夷坚丁志》三卷，一是钟惺评，李玄晖、邓嗣德定次并梓行的《新订增补夷坚志》五十卷。祝抄本卷末有明万历十九年（1591）□夔叔和崇祯十四年（1641）文从简的题记。据考，此本当是祝允明中年所抄，时间当不晚于弘治十八年（1505），应该是现存明本中最早的本子。经比较，祝抄篇目虽有差异，内容实即影宋抄本的《夷坚乙志》。此本今藏上海图书馆。钟惺评本前有田汝成序，说明底本出于叶祖荣的《新编分类夷坚志》。钟评本各卷类目如卷一分尽忠类、不尽忠类等，也和叶本一致，惟所取子目与叶本稍稍不同。此本今藏国家图书馆。

　　《夷坚志》在今天最通行，也是最完备的本子，是中华书局1981年出版的新式校点排印本。排印本的底本，即涵芬楼编印的《新校辑补夷坚志》，亦即张元济先生的辑校本。涵芬楼所编，包括《甲志》二十卷三百一十九事、《乙志》二十卷二百五十六事、《丙志》二十卷二百七十四事、《丁志》二十卷二百八十七事、《支志甲》十卷一百三十六事、《支志乙》十卷一百三十一事、《支志景》十卷一百四十六事、《支志丁》十卷一百三十三事、《支志戊》十卷一百一十九事、《支志庚》十卷一百三十六事、《支志癸》十卷一百一十六事、《三志己》十卷一百二十五事、《三志辛》十卷一百二十八事、《三志壬》十卷一百一十九事、《志补》二十五卷二百七十七事、《再补》一卷三十三事。其校例第一条说："甲乙丙丁四志，据严元照影宋手写本。支志甲乙丙丁戊庚癸、三志己辛壬，均据黄丕烈校定旧写本。所补二十五卷，则以叶祖荣分类本为主，而辅以明抄本。至再补一卷，则杂取诸书，均于条下注明出处。""杂取诸书"云云，大体包括《宾退录》《桯史》《荆川稗编》等十种书。中华书局重加校定时，又从《永乐大典》等书中辑出佚文二十六事，编为《三补》二十八事附后。此外，书后还附录历代书目题记和主要版本的序跋，颇便参考。

据李剑国《宋代志怪传奇叙录》考证，张元济所辑《再补》《三补》中所收条目多有滥误，未可尽信。《再补》中的《鼠怪》《岳珂除妖》《道人符诛蟒精》《义夫复仇》《治目疾方》《谢石拆字》六条，阑入他书文字，宜删。《三补》中的《庙神周贫士》《愿代母死》《负御容赴水死》《兴文杖士》《猿请医生》《红梅》《梦天子》共七条，辑自《永乐大典》，实系误辑《夷坚续志》文。

关于中华书局版《夷坚志》以外的佚文，近十数年又有康保成、李裕民、王秀惠三家进行补辑。康保成《〈夷坚志〉辑佚九则》，见《文献》1986 年第三期。李裕民《〈夷坚志〉补遗三十则》，见《文献》1990 年第四期。法国巴黎第七大学王秀惠《夷坚志佚文辑补》，见《汉学研究》七卷一期。李剑国先生认为，康辑"实只四条可能属洪书佚文"，李辑"可信者凡二十三条"，王辑"最佳，于《再补》《三补》多所驳正，又辑佚文二十九条"，三者所辑可信者凡百条。李剑国先生还认为，此外犹有可补者，胪列二十二事，以其文过繁，此处从略，可参读其专题论文《〈夷坚志〉佚文考》（《天津教育学院学报》1992 年第二期）。

综上所说，中华书局 1981 年版《夷坚志》现存条目二千七百六十三事，加上康保成、李裕民、王秀惠三家所辑并可信据的一百事，再加上李剑国所辑二十二事，总计二千八百八十五事，这就是目前已搜集到的《夷坚志》原书四百二十卷的全部佚文。上文已谈到原书四百二十卷所含条目约五千四百事，则目前已获得的佚文正好是原书的半数。

第五章 《夷坚志》的体例和内容

《夷坚志》原书三十二编，除末编为绝笔无序外，每编定稿之日，皆撰有一篇小序，共三十一序。这些序虽然有的自诧其速，有的自赏其多，属于无关宏旨的遣兴文字，但大多数篇章还是旨在说明一些具体问题。这些夫子自道的表白，当然是我们研究《夷坚志》体例的确凿论据。三十一序中，完好保存到今天的不足十三篇。在这十二篇半小序中，关乎体例的段落大抵有五条：

（1）《乙志序》："夫齐谐之志怪，庄周之谈天，虚无幻茫，不可致诘。逮干宝之《搜神》，奇章公之《志怪》，谷神子之《博异》，《河东》之记，《宣室》之志，《稽神》之录，皆不能无寓言于其间。若予是书，远不过一甲子，耳目相接，皆表表有据依者。谓予不信，其往见乌有先生而问之。"

（2）《丙志序》："始予萃《夷坚》一书，颛以鸠异崇怪，本无意于纂述人事及称人之恶也。然得于容易，或急于满卷怅成编，故颇违初心。如《甲志》中人为飞禽，《乙志》中建昌黄氏冤、冯可当、江毛心事，皆大不然，其究乃至于诬善。又董氏侠妇人事，亦不尽如所说。盖以告者过，或予听焉不审，为竦然以惭。"

（3）《支丁序》："稗官小说家言不必信，固也。信以传信，疑以传疑，自《春秋》三传则有之矣，又况乎列御寇、惠施、庄周、庚桑楚诸子汪洋寓言者哉！《夷坚》诸志皆得之传闻，苟以其说至，斯受之而已矣，聱牙畔奂，予盖自知之。"

（4）《支庚序》："盖每闻客语，登辄纪录，或在酒间不暇，则以翼旦追书之，仍亟示其人，必使始末无差庚乃止。既所闻不失亡，而信可传。"

（5）《三志己序》："一话一首，入耳辄录，当如捧漏瓮以沃焦釜，则缀词纪事，无所遗忘，此手之志然也。"

以上五条归根到底就是两句话，在内容上"颛以鸠异崇怪"，"远不过一甲子"（六十年），在形式上"入耳辄录"，"皆表表有据依者"。这两句话，正是《夷坚志》一书最基本的体例。

在《夷坚志》散佚的小序中，还有一篇直接谈到了撰述的体例，应该特别加以重视。这篇小序就是《壬志序》。赵与时《宾退录》对《壬志序》的撮述是这样的："全取王景文《夷坚别志序》，表以数语。"王景文即王质（1135—1188），字景文，与洪迈生活在同一时期，又在洪迈的直接影响下编撰出《夷坚别志》二十四卷。《夷坚别志》早已失传，而其自序则登载于元马端临的《文献通考》，今全录如下：

　　志怪之书甚伙，至鄱阳《夷坚志》出，则尽超之。余平生所嗜，略类洪公。始读《左传》《史记》《汉书》，稍得其记事之法，而无所施，因志怪发之。久之习熟，调利滋耿，玩不能释。闲自观览，要不为无补于世。而古今文章之关键，亦间有相通者，不以是为无益而中画。愈衰所见闻益之，事五百七十，卷二十四，今书之目也。余心尚未艾，久之，则将浸及于《夷坚》矣。凡《夷坚》所有而淆见者删之，更生佛之类是也；凡《夷坚》所有而未备者补之，黄元道之类是也。其名仍为《夷坚》，而别志之，辨于鄱阳也。得岁月者纪岁月，得其所者纪其所，得其人者纪其人，三者并书之备矣。阙一二亦书，皆阙则弗书。丑而不欲著姓名者婉见之，如《夷坚》碓梦之类是也：丑而姓名不可不著者显揭之，如《夷坚》人牛之类也。其称某人云，又某人得诸某人云，若己所见，各识其所自来，皆循《夷坚》之规弗易。所书甲子之一为期，过是弗书，耳目相接也。所书鬼神之事为主，非是弗书，名实相称也。于《夷坚》之规皆仍之，其异也者，笔力瞠乎其后矣。（《文献通考·经籍考·说家类》）

王质的序中反复申明，自己这本书的体例"皆循《夷坚》之规弗易"，"于《夷坚》之规皆仍之"，那么，王质所坚持的"《夷坚》之规"究竟是什么？要而言之，大概有六点：（1）强调每记一事，时间、地点、人物三者俱备，缺一二尚可，三者全缺则不录。（2）记丑事而欲替事主讳，则婉不书姓名。例如，《丙志》卷十六《碓梦》，首句说："靖康末，有达官守郡于青齐间，以不幸死。"中间又说："方达官在位，不闻有大过，既以非命死矣，而阴谴尚如是，岂非三世业乎？"今天读至此处或许不知"达官"为谁，但当时必定较易心领神会。（3）记丑事而欲鞭挞之，则直书其姓名。例如：《甲志》卷十七《人死为牛》，批评矛头直指贪官污吏，开头就说："永康军导江县人王某者，以刻核强骛处官。"点明籍里姓氏，与直呼其名只差一步。（4）传闻得自某人，或辗转得自某人，则一定注明本事来源。例如：《丙志》卷八《衡山民》，末注："予妇侄张寅说。"这是直接听来。又，《丙志》卷十九《雷鬼坠巾》，末注："右三事皆得之李缯，云赵不设所说。"这是间接听来。（5）所记的事限定在一个甲子的范围内，六十年以前的事不记，以求得"耳目相接"的客观效果。（6）所记以鬼神事为主，与鬼神不沾边的事基本不记，以便名实相符。王质刻意摹仿《夷坚志》，自己是否也写得中规中式，已无资料可以考察，但不管怎么样，他对《夷坚志》撰写体例的分析和概括，是非常准确、全面的。这是我们打开《夷坚志》这座宝库，尽情欣赏、品评的一把锁钥，一个指路标牌。如果把王质站在读者的立场上所作的概括，同洪迈的作者自述两相对照，再验证《夷坚志》本文，则三者之间，可称得上是彼此互证，契合无间。

《夷坚志》在体例上追求平实、可信，但全书却大多记述怪异之事，诸如神仙、鬼怪、妖巫、梦幻、转世、冤报、入冥、还魂之类，形形色色，无奇不有。用作者自己的话说，就是"天下怪怪奇奇尽萃于是"（《乙志序》）。面对《夷坚志》内容上的这种丰富性、复杂性，我们应该如何进行区划分类，如何进行评价呢？而且如果我们从一开始就运用现代科学思想的解剖刀，任意剔取个别篇章，或褒或贬，率尔操觚，又是否能够反映《夷坚志》的真实面貌，以致对洪迈其人会不会有意拔高或盲目贬低呢？一般而言，对一个人或一本书，他生活的那个时代会有一种看法，而后世又会有另一种看法。前后的评论也许是一脉相通的，也许是完全相左的，但无论如何，对前人的意见我们今天总是听一听为好。有鉴于此，我们下面对《夷坚志》一书的评说，拟先从南宋叶祖荣的类编本谈起。这样做是因为，第一，叶祖荣曾读过初志和支志的全书，他的类编是一种博览钩取，而我们今天已见不到那么多的文字，已无法在更大范围内进行鉴别；第二，叶祖荣的类编本代表的是宋人的看法，可能正是这种看法才更接近洪迈的思想实际。不过叶祖荣的类编本也有洋洋五十一卷之巨，下设三十六门一百十一类，不可能逐类举例引证，这里只能略述其子目，并选择其中叙事曲折有致者引录一二。

叶祖荣《新编分类夷坚志》的甲集讲忠孝节义，说明在宋代特别是南宋理学大盛之际，这是整个社会的伦理大节。卷一尽忠类四事，不忠类二事。例如：

续酆都使

林义为酆都使，已载冥官门。（按，见今《丙志》卷九《酆都宫使》）后十余岁，当宣和七年，其所亲段敏病伤寒未解，昏困间见锦衣花帽吏卒数十辈，皆长丈余，直入卧内。方惊顾而林君来，呼段字曰："彦举，汝勿恐，明日得汗矣。"因留坐款语曰："吾非久当受代。"段问其故，曰："有内臣黄某者，观时事不佳，知必兆乱，每起一念曰：吾必死之，上以报国家，下以表忠节。明年，京城破，黄遂赴火死。上帝嘉其节，故预除为吾代。"少顷告去，敏觉少苏。明日，果得汗而愈。方问答次，不暇询黄姓名。绍兴十三年，钱知原观复为广德守，中使黄彦节经过，从容语及先世曰："先人讳经臣，于京城受围时，不忍见失守之辱，积薪于庭，自焚而卒。"乃证前事。惟忠臣孝子，动天地，感鬼神，经臣未死之前，穹苍已知其心矣，夫岂偶然哉！（《志补》卷一）

卷二孝子类八事，孝妇类六事。例如：

营道孝妇

道州营道县村妇，养姑孝谨。姑寡居二十年，因食妇所进肉而死。邻人有小憾，诉其置毒。县牒尉薛大奎往验，妇不能措词，情志悲痛，愿即死。薛疑其非是，反复扣质，妇曰："寻常得鱼肉，必置厨内柱穴间，贵其高燥且近。如此者历年岁已多，今不测何以致斯变？"薛趋诣其所，见柱有蠹朽处，命劈取而视，乃蜈蚣无数，结育于中，愀然曰："害人者此也。"以实告县，妇得释。予记小说中似亦有一事相类者。薛字禹圭，河中人，予尝志其墓。（《支丁》卷一）

卷三不孝子类十四事，不孝妇类四事。例如：

梁小二

解州安仪池西乡民梁小二，家世微贱，然皆耕农朴实，至梁独狠戾。其母寡居，事之尤悖。妻王氏，性恬静，所以奉姑至谨。北虏皇统之中，河东荒饥，疫疠尤甚，流徒满道路。梁挟母妻并稚子四人偕行，至孤山之东陵，就野人乞食以哺其子。王氏念姑久不食，减半以与之。梁见之怒甚，诈使妻抱子前行，自与母在后，相望百许步，即仆母在地，曳入道侧，搦泥沙塞其喉，然后去。稍进遇妻，妻问姑安在，曰："老人举足迟，但先到大家丐晚餐以须其到可也。"久而杳然，妻疑为夫所害，还访之。见尸已僵，扪膺悲泣，急取水扶灌，气竟绝不苏。乃奔告里保，执梁送于县。才及中途，风雨暴作，霾曀不辨人，迅雷震耀，鬼神飞焰，杂遝出没。众惧散，亦不暇顾梁所之。少选澄霁，梁乃卧土窟，头目皆为天火烧烂，惟脑骨仅全，俨成髑髅，肢体如故，目睛暗淡无光而不死。能别识人物，饮食语言皆无妨，常谓人云："有三鬼守我，每

得食，必先祭之而后敢食。"官愍其妻子，给粟养之。（《支甲》卷九）

卷四义夫节妇类十事，例如《陈俞治巫》；卷五不义类六事，例如：

陕西刘生

绍兴初，河南为伪齐所据，枢密院遣使臣李忠往间谍。李本晋人，气豪，好交结，人多识之。至京师，遇旧友田庠。庠，亡赖子也，知其南来，法当死，捕告之尝甚重，辄持之曰："尔昔贷我钱三百贯，可见还。"李愆怒曰："安有是，吾宁死耳。"陕西人刘生者闻其事，为李言："极知庠不义，然君在此如落阱中，奈何可较曲直？身与货孰多，且败大事，盍随宜饵之。"李犹疑其为庠游说，然亦不得已，与其半。刘曰："勿介意，会当复归君。"李佯应曰："幸甚。"庠得钱买物，将如晋绛，刘曰："我亦欲到彼，偕行可乎？"即同途。过河中府，少憩于河滩，两人各携一担仆共坐沙上。四顾无人，刘问庠乡里年甲，具答之。刘曰："然则汝乃中国民，尝食宋朝水土矣。"庠曰："固然。"刘曰："我亦宋遗民，不幸沦没伪土，常恨无以自效。朝廷每遣人探事，多采道听途说，不得实。幸有诚悫如李三者，吾曹当出力助成之，奈何反挟持以取货？"庠诿曰："是固负我。"刘曰："吾素知此，且询访备至，甚得其详。吾与汝无怨恶，但恐南方士大夫谓我北人皆似汝。败伤我忠义之风耳。"遂运斤杀之，仆亦杀其仆，投尸于河，并其物复回京师，尽以付李，乃告之故。李欲奉半值以谢，刘笑曰："我岂杀人以规利乎？"长揖而别。李南还说此，而失刘之名，为可惜也。
（《丁志》卷九）

叶氏类编本的乙集讲为人要积阴德，上天不可欺，杀生当自悔过，否则必遭报应。卷一阴德门十三事，阴谴门六事，均不再细分类目。例如：

许叔微

许叔微字知可，真州人。家素贫，梦人告之曰："汝欲登科，须积阴德。"许度力不足，惟从事于医乃可，遂留意方书。久之，所活不可胜计，复梦前人来，持一诗赠之，其词曰："药有阴功，陈楼间处。堂上呼卢，唱六作五。"既觉，姑记之于牍。绍兴壬子，第六人登科，用升甲恩如第五，得职官。其上陈祖言，其下楼材也，梦已先定矣。呼卢者，胪传之义云。（《甲志》卷五）

卷二杀生悔过类十一事。例如《王权射鹊》；卷三放生报应类三事，杀生报应类十三事，不食牛报应类三事。例如：

董染工

乡里洪源董氏子，家本染工，独好罗取飞禽。得而破其脑，串以竹，归则焚稻秆丛茅，燎其毛羽净尽，乃持货之。平生所杀不可计。老而得奇疾，偏体生粗毛，鳞皴如树。遇其发痒时，非复爬搔可济，但取茅秆以燎四体，则移时乃定。继又苦头痛，不服药，每痛甚，辄令人以片竹击脑数十下，始稍止。人以为杀生之报。如是三年，日一尝此苦，然后死。（《乙志》卷十五）

卷四灵性有义类十七事，灵性无义类二事，例如《刘承节马》；卷五禽虫异类十事，杀蚕报应类四事，例如《缙云鲙飞》。

叶氏类编本的丙集讲冤债报应，其中幽明二狱门诸类出于阴阳两界，对现实吏治的黑暗有所揭露与批判。卷一前生冤报应类七事。例如：

安氏冤

京师安氏女，嫁李维能观察之子。为祟所凭，呼道士治之，乃白马大王庙中小鬼也。用驱邪院法结正斩其首，安氏遂苏。越旬子复作，又治之，祟凭附语曰："前人罪不至诛死，法师太不恕。"须臾考问，亦庙鬼也，复斩之。后半月，病势愈炽。道士至，安氏作鬼语曰："前两祟乃鬼尔，法师可以诛。吾为正神，非师所得治。且师既用极刑殒二鬼矣，吾何畏之有，今将与师较胜负。"道士度力不能胜，潜遁去。李访诸姻旧，择善法者拯之。才至，李氏曰："勿治我，我所诉者，隔世冤也。我本蜀人，以商贾为业。安氏，吾妻也，乘吾之出，与外人宣淫，伺吾归，阴以计见杀。冤魄栖栖，行求四方，二十有五年不获。近诣白马庙，始见二鬼言其详，知前妻乃在此。今得命相偿则可去，师无见苦也。"道士曰："汝既有冤，吾不汝治，但曩事岁月已久，冤冤相报，宁有穷期？吾今令李宅作善缘荐汝，俾汝尽释前愤，以得生天，如何？"安氏自床趋下，作蜀音声喏，为男子拜以谢。李公即命载钱二百千，送天庆观，为设九幽醮。安氏又再拜谢，欻然而苏。李举家斋素，将以某日醮。前一夕，又病如初。李大怒，自诣其室谯责之。拱而言曰："诸事蒙尽力，冥途岂不知感，但明日醮指当与何州何人，安氏生前何姓，前日失于禀白，今如不言，则功德失所付矣。"李大惊异，悉令道所以然。又曰："有舍弟某亦同行，乞并赐荐拔，庶几皆得往生。"李从其请，安氏遂无恙。安氏之姊嫁赵伯仪，伯仪居湖州武康，为王盼说。（《丙志》卷七）

卷二今生冤报类十七事。例如：

王通直祠

　　福州人王纯字良肱，以通直郎知建州崇安县。方治事，食炊饼未终，急还家，即仆地死。死之二日，众僧在堂梵呗，王家小婵忽张目叱僧曰："皆出去，吾欲有所言。"举止语音与良肱无异。遂据榻坐，遣小吏招丞簿尉。丞簿尉至，录事吏亦来。婵色震怒，命左右擒吏下，杖之百。语邑官曰："杀我者，此人也。吾力可杀之，为其近怪，故以属公等。吾未死前数日，得其一罪甚著，吾面数之曰："必穷治汝！其人忿且惧，遂赂庖人置毒。前日食饼半即觉之，苍黄归舍，欲与妻子语，未及而绝。幸启棺视之，可知也。"丞以下皆泣，呼匠发之，举体皆溃烂为黑汁。始诘问吏，吏顿首辞服，并庖人皆送府。府以其无主名，不欲正刑，密毙之于狱。邑中今为立庙，曰王通直祠云。王嘉叟说。（《乙志》卷三）

卷三枉狱类七事。《兰溪狱》《大庾疑狱》《楚将亡金》《徐侍郎》皆为名篇。卷四阴狱类六事，贪谋类一事，吏奸类三事。《邓安民狱》《李弼违》《毛烈阴狱》《安仁佚狱》《猎吏为奸》皆意深词婉，耐人咀嚼。卷五再生取债类三事，欠债作畜类八事，僧人还债类一事，又妒忌门不分类三事。例如《徐辉仲》。

　　叶氏类编本的丁集讲世俗百相，贪谋、诈骗、奸淫、智勇、愚顽、妖怪，无所不有。其中写贪谋报应的，如《张九罔人田》《齐生冒占田》《丰乐楼》；写设局诈骗的，如《吴约知县》《李将仕》《临安武将》《王朝议》；写奸淫的，如《杨戬馆客》《西湖庵尼》；写智勇的，如《黄乌乔》《金四执鬼》《蓝姐》；写妖怪的，如《张鬼子》《王直夫》等，尤为精彩。其中卷一贪谋报应类十事，不贪报应类四事。例如：

丰乐楼

临安市民沈一，酒拍户也。居官巷，自开酒庐。又扑买钱塘门外丰乐楼库，日往监酤，逼暮则还家。淳熙初，当春夏之交，来饮者多。一日，不克归，就宿于库。将二鼓，忽有大舫泊湖岸，贵公子五人，挟姬妾十数辈，径诣楼下。唤酒仆，问何人在此，仆以沈告，客甚喜，招相见，多索酒，沈接续侍奉之。纵饮楼上，歌童舞女，丝管喧沸，不觉罄百樽。饮罢，夜已阑，偿酒直，郑重致谢。沈生贪而黠，见其各顶花帽，锦袍玉带，容止飘然，不与世大夫类，知其为五通神，即拱手前拜曰："小人平生经纪，逐锥刀之末，仅足糊口。不谓天与之幸，尊神赐临，直是夙生遭际，愿乞小富贵，以荣终身。"客笑曰："此殊不难，但不晓汝意。"问所欲何事，对曰："市井下劣，不过欲冀钱帛之赐尔。"客笑而颔首，呼一驶卒至，耳边与语良久。卒去，少顷负一布囊来，以授沈。沈又拜而受，摸索其中，皆银酒器也。虑持入城，或为人诘问，不暇解囊，悉槌击蹴踏，使不闻声。俄尔鸡鸣，客领妾上马，笼烛夹道，其去如飞。沈不复就枕，待旦，负持归。妻尚未起，连声夸语之曰："速寻等秤来，我获横财矣。"妻惊曰："昨夜闻柜中奇响，起视无所见，心方疑之，必此也。"启钥往视，则空空然。盖逐日两处所用皆聚此中，神以其贪痴，故侮之耳。沈唤匠再团打，费工直数十千，且羞于徒辈，经旬不敢出。闻者传以为笑耳。（《志补》卷七）

卷二奸骗局类四事，赌骗局类二事，掠卖人类二事；卷三贪淫类四事，淫僧类三事，不淫类四事。例如：

西湖庵尼

临安某官，士人也。妻为少年所慕，日日坐于对门茶肆，睥睨延颈，如痴如狂。尝见一尼从其家出，径随以行，尼至西湖上，入寮庵，即求见啜茶。自是数往。少年固多赀，用修建殿宇为名，捐施钱帛，其数至千缗。尼讶其无因而前，扣其故，乃以情愫语之。尼欣然领略，约后三日来。于是作一斋目，列大官女妇封称二十余人，而诣某官宅邀其妻曰："以殿宇鼎新，宜有胜会，诸客皆已在庵，请便升轿。"即盛饰易服珥，携两婢偕行。迨至彼，元无一客。尼持钱犒轿仆遣归，设酒连饮两婢，妇人亦醉，引憩曲室就枕。移时始醒，则一男子卧于旁，骇问为谁，既死矣。盖所谓悦己少年者，先伏此室中，一旦如愿，喜极暴卒。妇人不暇俟肩舆，呼婢徒步而返，良人适在外，不敢与言。两婢不能忍口，颇泄一二。尼畏事宣露，瘗死者于榻下。越旬日，少年家宛转访其踪，诉于钱塘。尼及妇人皆桎梏拷掠，婢仆童行牵连十余辈。凡一年，鞫得其实，尼受徒刑，妇人乃获免。（《支景》卷三）

卷四饥荒类四事，戏谏类二事，智类四事，勇类三事，骙类一事，贫类一事，顽福类一事。例如：

蓝姐

绍兴十二年，京东人王知军者，寓居临江新淦之青泥寺。寺去城邑远，地迥多盗，而王以多赀闻。尝与客饮，中夕乃散，夫妇皆醉眠。

俄有盗入，几三十辈，悉取诸子及群婢缚之。婢呼曰："主张家事独蓝姐一人，我辈何预也。"蓝盖王所嬖，即众从中出应曰："主家凡物皆在我手，诸君欲之，非敢惜，但主公主母方熟睡，愿勿相惊恐。"秉席间大烛，引盗入西偏一室，指床上箧笥曰："此为酒器，此为缣帛，此为衣衾。"付以钥，使称意自取。盗拆被为大袱，取器皿蹴踏置于中。烛尽，又继之。大喜过望，凡留十刻许乃去。去良久，王老亦醒，蓝姐告其故，且悉解众缚，明旦，诉于县，县达于郡。王老感戚成疾，蓝姐密曰："官人何用忧，盗不难捕也。"王怒，骂曰："汝妇人何知！既尽以家赀与贼，乃言易捕，何邪？"对曰："三十盗皆着白布袍，妾秉烛时，尽以烛泪污其背，但以是验之，其必败。"王用其言以告逐捕者。不两日，得七人于牛肆中。展转求迹，不逸一人。所劫物皆在，初无所失。《汉·张敞传》所记偷长以赭污群偷裾而执之，此事与之暗合。婢妾忠于主人，正己不易得，至于遇难不慑怯，仓卒有奇智，虽编之《列女传》不愧也。（《丙志》卷十三）

卷五妖由人衅类二事，弄假成真类二事，见怪不怪类二事。例如《王直夫》。

叶氏类编本的戊集讲宿命，以为功名、婚姻、死生、祸福、资财等皆生前已定。卷一功名前定类十三事。例如：

陈国佐

陈公辅国佐，台州人。父正，为郡大吏，归老，居于城中慧日巷。时国佐在上庠，有僧谒正，指对门普济院曰："俟此寺为池，贡元当上第。"正曰："一刹壮丽如此，使其不幸为火焚则可，何由为池？君知吾儿终无成，以是相戏耳。"僧曰："不过一年，吾言必验。"普济地卑下，每春雨及梅溽所至，水流不可行，寺中积苦之。偶得旷土于郡仓后，即徙焉，而故基卒为池，与僧言合。政和癸巳，国佐遂魁辟雍，释褐第一。后至礼部侍郎。（《甲志》卷五）

卷二婚姻前定类五事，死生前定类五事，祸福前定类二事。例如：

辛中丞

辛企李次膺，绍兴八年，自右正言出为湖南提刑。舟到武昌，大将岳飞来江亭通谒，辛以道上不见宾客为解，岳不肯去。良久，不获已，见之。即欲以明日具食，意殊恳切，不得辞。既宴，酒三行，延辛入小阁，尽出平生所被宸翰，凡数百纸，具言眷遇之渥，执辛手曰："前夕梦为棘寺逮对狱，狱卒曰辛中丞被旨推勘，惊窜，遍体流汗。方疑惧不敢以告人，而津吏报公至。公自谏官补外，他日必为独坐，飞或不幸下狱，愿公救护之。"辛悚然不知所对。才罢酒，即解维。后数年，飞罢副枢奉朝请，故部将王贵迎时相意，告其谋叛，系大理狱，命新除御史中丞何伯寿铸治其事。方悟昨梦乃新中丞也。何公后辞避不就，乃以付万俟丞相云。（《甲志》卷十五）

卷三资财前定类八事，嗣息前定类三事，物宅前定类六事。卷四冥数成婚类三事，祈嗣类三事，女化男身类二事，记前身类六事。卷五夫妻负约类四事，离而复合类二事，《满少卿》《王从事妻》《徐信妻》皆委婉可读。

叶氏类编本的己卷专记僧道，以神仙为主，兼及剑侠事，尤以剑侠事为佳。卷一吕仙类十一事。例如：

真仙堂小儿

常州天庆观真仙堂塑吕洞宾像，有小儿卖豆，日过其前，见其仪状，敬仰之，每盘旋不忍去。一日，瞻视叹息间，像忽微动，引手招之，持一钱买豆。儿不取钱，悉以畚中豆与之。像有喜色，以红药一粒授焉，使吞服，即觉恍惚如醉。还家，索纸笔作文章，词翰皆美，至于天文、地理，无所不通。不茹烟火食，惟饮酒啖枣。如是岁余。闻市曹决死囚，急往观。正行刑之际，忽空中有人批其左颊，一小鹤从口吻角飞出，扪其颊，已半枯矣，遂愚俗如初。（《志补》卷十二）

卷二遇仙类九事，女仙类四事。例如：

保和真人

潼州王藻，不知何时人，为府狱吏。每日暮归，必持金钱与妻，多至数十贯。妻颇贤，疑其鬻狱所得，尝遣婢往馈食。藻归，妻迎问曰："适馈猪蹄甚美，故悉送十三窝，能尽食否？"藻曰："只得十窝耳。"妻怒曰："必此婢窃食，或与他人，不可不鞠。"藻唤一狱卒，缚婢讯掠，不胜痛，引伏，遂杖逐之。妻始言曰："君为推司久，日日持钱归，我固疑锻炼成狱，姑以婢事试汝，安有是哉！自今以往，愿勿以一钱来。不义之物，死后必招罪咎。"藻矍然大悟，汗出如洗，取笔题诗于壁曰："枷栲追求只为金，转增冤债几何深。从今不复顾刀笔，放下归来游翠林。"即罄所储散施，辞役弃众学道。后飞升，赐号保和真人。（《志补》卷十二）

卷三紫姑仙类七事，炉火点化类六事。例如：

紫姑蓝粥诗

临川谢氏，家城西，筑圃艺花，子侄聚学其中。暇日迎紫姑神，作诗歌杂文。友生江楠过焉，意后生伪为之而托以惑众，弗信也。一日再至，见执箕者皆童奴，而词语高妙，颇生信心。于是默祷求诗，箕徐动曰："德林素不见信，曷为索诗？"漫赠绝句云："末豆应急用，屑榆岂充欲。嗜好肖赵张，苍皇救父叔。"众不晓所谓，复祷曰："愿明以告我。"又徐书云："第一句见《晋书·石崇传》，第二句见《唐书·阳城传》，第三句见《史记·仓公传》，第四句见《后汉·冯异传》。"检视之，皆粥事也。盖是时官妓蓝氏者，家世卖粥，人以蓝粥呼之。楠前夕方宿其馆，神因以此戏之云。德林，楠字也。（《丁志》卷十八）

卷四尸解类六事，剑侠类四事。剑侠四事：《花月新闻》《侠妇人》《解洵娶妇》《郭伦观灯》，皆有可观。例如：

侠妇人

董国度字元卿，饶州德兴人。宣和六年，登进士第，调莱州胶水县主簿。会北边动兵，留家于乡，独处官下。中原陷，不得归，弃官走村落，颇与逆施主人相往来。怜其羁穷，为买一妾，不知何许人也，性慧解，有姿色。见董贫，则以治生为己任。罄家所有，买磨驴七八头，麦数十斛，每得面，自骑驴入城鬻之，至晚负钱以归，率数日一出。如是三年，获利愈益多，有田宅矣。董与母妻隔阔滋久，消息杳不通，闲居戚戚，意绪终不聊赖。妾数问故，董嬖爱已甚，不复隐，为言："我故南官也，一家皆处乡里。身独漂泊，茫无还期。每一深念，几心折欲死。"妾曰："如是，何不早告我。我有兄，喜为人谋事，旦夕且至，请为君筹之。"旬日，果有估客，长身而虬髯，骑大马，驱车十余乘过门。妾曰："我兄也。"出迎拜，使董相见，叙姻连。留饮至夜，妾始言前日事以属客。是时虏下令：宋官亡命许自言，匿不自言而被首者死。董业已漏泄，又疑两人欲图己，大悔惧，乃抵曰："无之。"客奋髯怒且笑曰："以女弟托质数年，相与如骨肉，故冒禁欲致君南归，而见疑若此？脱中道有变，且累我，当取君告身与我，以为信。不然，天明缚君告官矣！"董益惧，自分必死，探囊中文书悉与之。终夕涕泣，一听客。客去，明日控一马来，曰："行矣。"董呼妾与俱，妾曰："适有故，须少留，明年当相寻。吾手制衲袍以赠君，君谨服之，惟吾兄马首所向。若返国，兄或举数十万钱为馈，宜勿取。如不可却，则举袍示之。彼尝受我恩，今送君归，未足以报德，当复护我去。万一受其献，则彼责塞，无复顾我矣。善守此袍，毋失去也。"董愕然，怪其语不伦，且虑邻里觉，即挥涕上马疾驰。到海上，有大舟临解维，客麾董使登，揖而别。舟遽南行，略无资粮道路之备，茫不知所为，而舟中人奉侍甚谨，具食食之，特不相问讯。才达南岸，客已先在水滨，邀诸旗亭上相劳苦。出黄金二十两，曰："以是为太夫人寿。"董忆妾别时语，力拒之。客曰："赤手还国，欲与妻子饿死耶？"强留金而出。董追及，示以袍，客骇笑曰："吾智果出彼下。吾事殊未了，明年当挈君丽人来。"径去，不反顾。董至家，母妻与二子俱无恙。取袍示家人，俾缝绽处黄金隐然，拆视之，满中皆箔金也。既诣阙自理，得添差宜兴尉。逾年，客果以妾至。秦丞相与董有同陷虏之旧，为追叙向来岁月，改京秩，干办诸军审计。才数月，卒。秦令其母汪氏哀诉于朝，自宣教郎特赠朝奉郎，而官其子仲堪者。时绍兴十年五月云。范至能说。（《乙志》卷一）

卷五集中于佛事，异僧类八事，经咒灵验类八事，谤佛类二事。例如：《龙虎康禅师》。卷六杀人祭鬼类四事，只此一类，属于杂信仰，附见于佛事后。例如《秦楚材》。

　　叶氏类编本的庚集讲神怪，鬼怪之事为多，信与不信，同时皆有。卷一正神类八事，邪神类六事，慢神类五事。例如：

李五七事神

　　池州建德县白面渡庄户李五七，生计温裕，好事神，里人呼为郎。庆元二年四月，谒婺源五侯庙，拈八日香，十五日还家。是晚门外金鼓喧阗，旌旗焕赫，绣衫花帽者百余辈，呵导继来。最后一贵人，服王者之衣，执紫丝鞭，跨马直入，至厅阶而下，坐于正席。一家良贱悉见之，知其为神，列拜拱问曰："敢问大王为何处灵祇？"笑曰："汝乃不识邪？吾即婺源灵顺庙五显宫太尉也。嘉汝香火至诚，自汝回程，便相卫至此，拟借汝宅暂驻。"且言已往之事，悉如目睹。李慰喜满望，泛治一室，净洁几案奉安。神时时现形，祭馔惟用素蔬面食，语之曰："吾在本宫为四方信士瞻仰，不得不自斋心报答耳。今此既非当境，稀接檀信，但随食荤腥无碍。"于是烹羊炰豕，嘉酒鲜食，妇女歌唱侑饮，夜以继日，备尽欢昵。李不复治生业，财力渐削。至八月终，妻与一女暴疾而死，方以为疑。九月末，躬诣婺源祖殿，投牒诉理。焚献既毕，徘徊大门下。不两时顷，见黄衣两承局擒一人，服王者衣。李视其状貌，即家中所供奉饮宴者。遂上铁枷，付一司鞫治，李拜谢，兼程奔归。群婢妄言："自郎之行，神虽起居饮食如常，而奄奄有愁色，果有两使来追去。"其后断治曲折，无从可知矣。（《志补》卷十五）

卷二人死复生类六事，死后现形类四事，鬼惑人类五事。其中《吴小员外》
《西湖女子》《京师异妇人》，堪称妙品。卷三鬼诉冤类三事，鬼附人类
六事，鬼托名求食类三事，鬼畏物类二事。例如：

詹小哥

抚州南门黄桓路居民詹六、詹七，以接鬻缣帛为生。其季曰小哥，
尝赌博负钱，畏兄捶责，径窜逸他处，久而不反。母思之益切，而梦寐
占卜皆不祥，直以为死矣。会中元盂兰盆斋前一夕，詹氏罗纸钱以待享。
薄暮，若有幽叹于外者。母曰："小哥真亡矣，今来告我。"乃取一纫钱，
祝曰："果为吾儿，能挈此钱出，则信可验，当求冥助于汝。"少焉，
阴风肃肃，类人探而出之。母兄失声哭，亟呼僧诵经拔度，无复望其归。
后数月，忽从外来，伯兄曰："鬼也！"取刀将逐之，仲遽抱止，曰：
"未可。"稍前谛视，问其死生。弟曰："本惧杖而窜，故诣宜黄受佣，
未尝死也。"乃知前事为鬼所诈云。（《丁志》卷十五）

卷四异鬼类十一事；卷五疫鬼类六事，例如《景德镇鬼斗》。

叶氏类编本的辛集讲医卜杂艺，纯属市井生活。卷一济人阴德类二事，
贪财阴谴类四事，梦医类二事，误医类五事，奇术类五事，奇疾类六事，
其中《滑世昌》《王李二医》表彰医德，《庞安常针》《吴少师》《邢氏
补颐》称颂医术，皆情词纯正可感。例如：

庞安常针

朱新仲祖居桐城，时亲识一妇人妊娠将产，七日而子不下，药饵
符水，无所不用，待死而已。名医李几道偶在朱公舍，朱邀视之，李曰："此

百药无可施，惟有针耳。然吾艺未至此，不敢措手也。"遂还。而几
道之师庞安常适过门，遂同谒朱。朱告之故，曰："其家不敢屈先生，
然人命至重，能不惜一行救之否？"安常许诺，相与同往。才见孕者，
即连呼曰："不死！"令家人以汤温其腰腹间，安常以手上下扪摩之。
孕者觉肠胃中微痛，呻吟间生一男，母子皆无恙。其家惊喜拜谢，敬
之如神，而不知其所以然。安常曰："儿已出胞，而一手误执母肠胃，
不复能脱，故虽投药而无益。适吾隔腹扪儿手所在，针其虎口，儿既
痛，即缩手，所以遽生。无他术也。"令取儿视之，右手虎口针痕存焉。
其妙至此。新仲说。（《甲志》卷十）

卷二占卜真术类十事，占卜伪术类二事，拆字类三事，相术类六事，遁甲
类三事。这些事虽然虚妄无稽，但其中亦偶寓劝惩之意。例如：

丁湜科名

丁晋公本吴人，其孙徙居建康，赀产豪盛。子弟中名湜者，少年
俊爽，负才气，特酷嗜赌博。虽常获胜，然随手荡析于狎游。厥父屡
训责之，殊无悛心。父怒，囚缚空室，绝其饮馔，饥困濒死。家老妪
怜之，破壁使之窜。父喜其去，亦不问，但谓其必陨填沟壑。湜假贷
族党，得旅费，径入京师，补试太学，预贡籍。熙宁九年，南省奏名。
相国寺一相士以技显，其肆如市，大抵多举子询扣得失。湜往访之，士曰：
"君气色极佳，吾阅人多矣。无如君相，便当巍峨擢第。"即大书纸
粘于壁云："今岁状元是丁湜。"湜益自负，而所好固如昔时。同榜
有两蜀士，皆多赀，亦好博。湜宛转钩致，延之酒楼上，仍令仆携博
具立于侧，蜀士见之而笑，遂戏于小阁。始约以万钱为率，戏酣志猛，

各不能中止，累而上之。浞于此艺得奇法，是日所赢六百万，如数算取以归邸。又两日，复至相士肆，士惊曰："君今日气色大非前比，魁选岂复敢望？误我术矣。"浞请其说，士曰："相人先观天庭，须黄明泽润则吉，今枯燥且黑，得非设心不善，为牟利之举，以负神明哉？"浞竦然具以实告，曰："然则悉以反之，可乎？"士曰："既已发心，冥冥知之矣。果能悔过，尚可占甲科，居五人之下也。"浞亟求蜀士，还其所得。迨庭策唱名，徐锋首魁，浞为第六云。其侄孙德兴尉先民说。

（《支丁志》卷七）

卷三技术类二事，异术类七事；卷四妖巫门十一事，不分类。《鼎州汲妇》《荆甫妖巫》《张妖巫》诸事，幻术中见情理，写得饶有趣味。例如：

荆南妖巫

荆南有妖巫，挟幻术为人祸福，横于里中，居郡县者莫敢问。吴兴高某为江陵宰，积不能堪，捕欲杖之。大吏泣谏，请勿治，治之且撰奇祸。高愈怒，捽吏下与巫对，杖之二十。巫不谢，嘻笑而出。才食顷，高觉面微肿，揽镜而视，已渐渐浮满，仅存两眼缝如线。遽呼吏，询巫所居，约与偕往。吏以为必拜谒谢过，乃告其处。径驰马出门，行三十余里，薄暮始至，萧然一茅屋也。巫出迎，高叱从卒缚诸柱，命以随行杖乱捶，凡神像经文等悉焚之。巫偃然自若。后入其室，获小筒，破镝观之，茵蓐包裹数十重，得木人焉，又碎之，始有惧色，然殴掠无完肤矣。高面渐平复如初。执以还。明旦，入府白曰："妖人无状，某不惜一身为邦人除害，惧语泄必遁去，故不暇先言。今治之垂死，敢以告。"府帅壮其决，谕使尽其命而投之江。仲秉说。（《丙

志》卷二十）

卷五梦幻门五事，不分类。

叶氏类编本的壬集讲精灵奇异之事。卷一异域类五事，异事类十三事。异域类诸事皆海外见闻，颇奇诡。例如：

岛上妇人

泉州僧本偁说，其表兄为海贾，欲往三佛齐，法当南行三日而东，否则值焦上，船必糜碎。此人行时，偶风迅，船驶既二日半，意其当转而东，即回柂，然已无及，遂落焦上，一舟尽溺。此人独得一木，浮水三日，漂至一岛畔，度其必死。舍木登岸，行数十步，得小径，路甚光洁，若常有人行者。久之，有妇人至，举体无片缕，言语啁啾不可晓。见外人，甚喜，携手归石室中。至夜，与共寝。天明，举大石窒其外，妇人独出。至日晡时归，必赍异果至，其味珍甚，皆世所无者。留稍久，始听自便。如是七八年，生三子。一日，纵步至海际，适有舟抵岸，亦泉人，以风误至者，及旧相识，急登之。时妇人继来，度不可及，呼其人骂之，极口悲啼扑地，气几绝。其人从蓬底举手谢之，亦为掩涕。此舟已张帆，乃得归。（《甲志》卷七）

卷二异物类十五事。例如：

伊阳古瓶

张虞卿者，文定公齐贤裔孙，居西京伊阳县小水镇。得古瓦瓶于土中，色甚黑，颇爱之，置书室养花。方冬极寒，一夕忘去水，意为冻裂。

明日视之，凡他物有水者皆冻，独此瓶不然，异之。试注以汤，终日不冷。
张或与客出郊，置瓶于篚，倾水瀹茗，皆如新沸者。自是始知秘惜。
后为醉仆触碎，视其中与常陶器等，但夹底厚几二寸，有鬼执火以燎，
刻画甚精，无人能识其为何时物也。（《甲志》卷十五）

卷三异花类四事，再生类二事。例如：

衡山民

　　乾道初元，衡山民以社日祀神，饮酒大醉。至暮独归，跌于田坎水中。
恍忽如狂，急缘田塍行。至其家，已闭门矣，扣之不应，身自从隙中
能入。妻在床绩麻，二子戏于前。妻时时呪骂其夫暮夜不还舍，民叫曰：
"我在此。"妻殊不闻，继以怒骂，亦不答。民惊曰："得非已死乎？"
遽趋出，经家先香火位过，望父祖列坐其所，泣拜以告。父曰："勿恐，
吾为汝垦土地。"即起。俄土地神至，布衫草履，全如田夫状。具问
所以，顾小童令随民去。童秃发赤脚，类牧牛儿。相从出门，寻元路，
复至坎下，教民自抱其身，大呼数声，蹶然而寤。时妻以夫深夜在外，
倩邻人持火炬求索之，适至其处，遂与俱归。予妇侄张寅说。（《丙志》
卷八）

卷四禽兽为怪类十六事，土偶为怪类三事；卷五发墓类一事，葬枯类一事，
蛊毒类三事，桃生类一事。

　　叶氏类编本的癸集为末卷，讲善恶报应及入冥还魂之事，荒诞不经，
宋人或信以为真，今日读来则惹人生厌。卷一至诚感应类四事，不谨被谴
类三事，惟有一事似堪补宋史之缺。例如：

奎宿奏事

崇宁、大观间，蔡京当国，设元祐正人党籍之禁，苏文忠公文辞字画存者悉毁之，王铭以重刻《醉翁亭记》，至于削籍，由是人莫敢读其文。政和中，令稍弛其禁，且阴访求墨迹，皆以为大珰梁师成自言为公出妾之子，故主张是，而实不然也。时方建上清宝箓宫，斋醮之仪，备极诚敬，徽庙每躬造焉。一夕，命道士拜章，伏地逾数刻乃起。扣其故，对曰："适至帝所，值奎宿奏事，良久方毕，臣始能达事。"上颇叹异，问："奎宿何如人？其所奏何事？"曰："所奏不可得闻，然此星宿者，故端明殿学士苏轼也。"上为之改容，遂一变前事。时婺□陈子象名省之，父为温州掾曹，传其说如此。子象说。（《志补》卷二十三）

卷二生判冥类五事，死判冥类六事。例如：

阎罗王

林衡字平甫，平生仕宦，以刚猛疾恶自任。尝知秀州。年过八十，乃以荐被召，除直敷文阁。既而言者以为不当得，罢归。归而病，病且革，见吏抱案牍来，纸尾大书阎罗王林，请衡花书名。衡觉，以语其家："前此二十年，盖尝梦当为此职，秘不敢言，今其不免矣。"家人忧之。少日，遂卒。卒之夕，秀州精严寺僧十余人，同梦出南门迎阎罗王，车中坐者，俨然林君也。衡居于秀之南门外。时乾道二年。（《丙志》卷一）

卷三为善报应类十六事，为恶报应类十一事，在全书各子目中选录为多，也说明洪迈原书此类记事不在少数。卷四僧受恶报类四事，道士恶报类二事。卷五还魂类六事，误勾类四事。其误勾类似有影射，例如：

黄十一娘

福州侯官县黄秀才女十一娘，立帘下观人往来。一急足直入，曰："官追汝。"女还房，即苦心痛死。经日复生，曰：追者与我俱行数十里，忽有恐色，曰："吾所追乃王十一娘，误唤汝。今见大王，但称是王氏，若实言，当捶杀汝。"我强应之。至官府，见三人鼎足而坐。中坐者乃我父也，望我来即凭轩问曰："汝何为来此？"曰："正在帘内，为人追至。及中途，则言当追王十一娘而误追我，戒我不得言。"父还坐，谓东向者曰："所追王氏，今误矣。"曰："公何以知之？"曰："此吾女也。"东向者即命吏阅簿，顾曰："果误矣。"又笑曰："王法无亲，今日却有亲。"皆大笑。乃放我还。郑彦和知刚说。（《甲志》卷十三）

以上引录了叶祖荣《新编分类夷坚志》五十一卷的类目及部分故事，因为本文篇幅限制，已不能再多征引，但我们仍希望能以其少而透视其多，并以此大略勾勒出洪迈原书的一个影子，至少能反映出南宋人接受《夷坚志》一书时所持态度的一个侧面。从而使读者对《夷坚志》是一本什么书，都写了些什么事，先有一个感性的认识。我们自然不会忽视常识性问题，深知南宋人的观感决不能替代我们今天的评判。事实上我们已经看到，今天我们认为很优秀的篇章，如《甲志》卷一《韩郡王荐士》、《甲志》卷五《林县尉》、《丁志》卷九《太原意娘》、《支甲》卷三《方禹冤》、《支甲》卷九《关王幞头》、《支庚》卷一《鄂州南市女》、《三志壬》卷八《徐咬耳》、《三志壬》卷十《解七五姐》等，均不在叶氏类编本选目之内。属于《三志》的两篇他可能还来不及寓目，情有可原，而初志、支志的几篇不选，则只能证明他的认识与我们大有距离。

今天我们通读《夷坚志》遗存下来的二千八百余事，去除那些一味炫奇示怪，宣扬冤对报应，缺乏生活根基的段落，其余篇章不论是描绘市井生活，还是记述官场轶事，大都具有反映社会现实，补充史传资料之缺的意义。若按题材来粗略归类，大致可以分为四种类型：

（1）写婚姻爱情。如《吴小员外》，写吴小员外与当垆女一见倾心，却不能在人间自由结合，只能凭借鬼魂去实现美好的愿望。即便化作鬼魂相爱这一点权利，到后来也随着当垆女"流血滂沱"而被无情地剥夺了。故事从当垆女的肉身之死，直写到她的鬼魂之死，让人感到封建门第婚姻制度的压迫是何等沉重，同时也让人感到一种抗争的力量在暗中孕育，正待爆发。类似的篇章还有《张客奇遇》，以及本书未能引述的《鄂州南市女》《杨三娘子》《解七五姐》等。这些篇章在故事结构上，大多采用了人鬼相恋的形式。这类故事所表达的，无非是一种封建门第婚姻压抑下的人性本能欲望。

（2）写吏治黑暗。如《楚将亡金》，镇江军将吴超，仅凭一句戏言便立案捕人，酷刑逼供，不究真赃，先要问斩，实在昏庸得可以。又如《王通直祠》，一吏劣迹败露，遂贿赂庖人毒死知县，手段之惨酷令人发指。类似故事在《夷坚志》中还有不少，特别是直接描写官吏草菅人命的，如《袁州狱》《兰溪狱》《许提刑》《薛湘潭》等，以其文字过繁，本书未能选入，十分可惜。总之，这些篇章构成了宋代黑暗吏治的一面镜子。

（3）写战乱苦难。如《陕西刘生》，写宋、金对立情况下，北方沦陷区人民的爱国行为；而《侠妇人》则从一个侧面写到了宋朝官员在北方的困窘处境。又如《王从事妻》，写出了寇盗横行、社会动乱所造成的夫妻离散的悲惨遭遇。在这方面还有一个名篇，就是《太原意娘》。意娘遭受金人掳掠，不屈而死，但她对身在江南为官的丈夫犹念念不能释怀，于是她的魂魄决意回到南宋，嘱丈夫收其尸骨归葬。这里所表达的已不止是战争带来的家破人亡的悲情，同时还表达了乱离中的人民对故国乡关的怀念。

（4）写轶闻遗事。如《奎宿奏事》《辛中丞》是关于苏轼、岳飞的名人故事；《庞安常针》《刘幻接花》是关于医师、花匠的传闻。他如《蓝姐》《王直夫》《朱二杀鬼》等，是大智大勇的趣事；《刘承节马》《安氏冤》《吴约知县》等，则是有关奸盗、诈骗的社会新闻。还有《真仙堂小儿》《紫姑篮粥诗》《李五七事神》等，则事关民间信仰。这些都是我们了解宋代政治、经济、文化生活状况的生动资料。从这个意义上说，《夷坚志》的社会纪实价值，似应高于它在文学上所取得的成就。

第六章 《夷坚志》的文学成就

南宋张端义《贵耳集》卷上记载："宪圣在南内，爱神怪幻诞等书。郭象《睽车志》始出，洪景卢《夷坚志》继之。"按，"宪圣"指宋高宗赵构，赵构于绍兴三十二年（1162）让位于皇太子赵昚（宋孝宗），淳熙十四年（1187）薨，谥曰圣神武文宪孝皇帝。据李剑国先生考证，郭象《睽车志》六卷当作于淳熙八年（1181）以后，而此时《夷坚志》业已完成甲、乙、丙、丁四编，故不应笼统地说郭书始出，洪书继之。尽管如此，这条史料却证明郭、洪二书都曾进呈以供上览，或者像《容斋随笔》流入宫廷一样，是由于"贾人贩鬻于书坊中，贵人买以入"（《容斋续笔序》），总之是太上皇看到了《夷坚志》。由这件非等小可的事，再想到闽、蜀、婺、赣等地的普遍雕印，就可以毫不夸张地说，《夷坚志》的问世在当时曾引起过不小的轰动。

《夷坚志》一旦流传开来，读的人多了，可能也就有了不同的看法。号称"南宋四大家"之一的大诗人陆游（1125—1201），专门写过一首诗，叫做《题夷坚志后》："笔近《反离骚》，书非《支诺皋》。岂惟堪史补，端足擅文豪。驰骋空凡马，从容立断鳌。陋儒那得议，汝辈亦徒劳。"（《剑南诗稿》卷三十七）陆游似乎是在与人辩论，他是站在肯定《夷坚志》一方的。那么，反对者一方的意见是什么呢？和陆游同时存在的反对意见尚未发现，只看到了南宋末年陈振孙的一段议论。陈振孙在《直斋书录解题》中说："稗官小说，昔人固有为之者矣。游戏笔端，资助谈柄，犹贤乎已，可也。未有卷帙如此之多者，不亦谬用其心也哉！且天壤间反常反物之事，惟其罕也，是以谓之怪。苟其多至于不胜载，则不得为异矣。"（卷十一）陈氏显然认为，洪迈耽于志怪，贪多务得，完全是"谬用其心"。而较早时的陆游则认为，洪迈不是唐代的段成式，《夷坚志》也不同于逐奇猎异的《支诺皋》（《酉阳杂俎》），洪迈的笔法更接近于西汉扬雄的《反离骚》。《反离骚》的典故见《汉书·扬雄传》：

> 先是时，蜀有司马相如，作赋甚宏丽温雅，雄心壮之，每作赋，常拟之以为式。又怪屈原文过相如，至不容，作《离骚》，自投江而死，悲其文，读之未尝不流涕也。以为君子得时则大行，不得时则龙蛇，遇不遇命也，何必湛身哉！乃作书，往往摭《离骚》文而反之，自岷山投诸江流以吊屈原，名曰《反离骚》。

扬雄的《反离骚》，是以老、庄随遇而安的思想来宽解屈原，认为大可不必执拗投江。陆游以扬证洪，恐怕主要是说洪迈的书立意达观，并非如段成式般拳拳于鬼神。

元、明以下，有赞成陈振孙之说者，也有持异议者。后者如明田汝成《新编分类夷坚志序》说："或谓神怪之事，孔子不语，而勒之琬琰，不亦谬乎其用心乎？予则谓宇宙之大，事之出于意料之外者往往有之。若姜嫄之孕，傅岩之梦，独非大神大怪者哉，而垂之'六经'，非漫诬以资谈谑者，固仲尼之所存笔也。然则不语者，非不语也，不雅语以骇人也。苟殃可以惩恶人，祥可以愚吉士，则虽神且怪，又何废于语焉。"其言甚辩。至于前者，则《四库总目提要》最具代表性："陈振孙讥迈为谬用其心，其说颇正。陈栎《勤有堂随录》则谓迈欲修国史，借此练习其笔，似乎曲为之说。"但几乎是所有的论者，不论赞成其用心与否，在两个问题上是众口一词的，一则是叹赏其卷帙浩繁，一则是肯定其中有有益的内容。如清阮元《揅经室集》说："小说家惟《太平广记》为卷五百，然卷帙虽繁，乃搜辑众书所成者。其出于一人之手，而卷帙遂有《广记》十之七八者，惟有此书，亦可谓好事之尤者矣"，"书中神怪荒诞之谈居其大半，然而遗文轶事，可资考镜者，亦往往杂出于其间"（《外集》卷三）。就是《四库提要》也承认："其中诗词之类，往往可资采录，而遗闻琐事，亦多足为劝戒，非尽无益于人心也。"

古人对《夷坚志》的评论，大抵注重在思想内容方面，对其文学价值所说甚少。如果说还沾一点边的话，清沈屺瞻、陆心源的两篇序文倒可以供我们参考。沈序说："第观其书，滉瀁恣纵，瓌奇绝特，可喜可愕，可信可征，有足以扩耳目闻见之所不及，而供学士文人之搜寻撷拾者，又宁可与稗官野乘同日语哉！"（清乾隆四十三年刻本卷首）陆序说："虽其所载颇与传记相似，饰说剽窃，借为谈助，《支甲序》已自言之。至于文思隽永，层出不穷，实非后人所及。"（《十万卷楼丛书》本卷首）沈、陆不过泛泛而论，形同隔靴搔痒，还未能触及到《夷坚志》在文学意义上的紧要之处。对于《夷坚志》的文学价值，我们拟从题材和写法两方面略作分析。

先说题材。前面已经说过，《夷坚志》的素材大多是直接得之传闻，亦有部分是间接取自他书。得之传闻当然意味着来自民间，来自街头巷语，道听途说。即使取自他书，譬如《太平广记》之类，究其故事源头，当初亦无不是出于民间。因而可以说，志怪书的形成与发展，与民间的口头文学有着密不可分的关系。题材来源于民间这一前提，决定了志怪书不同于史传的一本正经，也不同于志人的一脸谦恭，它可以随心所欲地幻想和创作。这是一种原始的朴素的又是生机无限的艺术创造力。我们读《夷坚志》时，会跟随作者的笔触一会儿在阳世，一会儿入冥府，一会儿生人与鬼魂相恋，一会儿土偶枯木兴风作浪，真所谓出入三界（人境、仙境、鬼境）中，往来无挂碍。这种题材上的匪夷所思、联翩妙想，无疑产生于民间文学的原创力。就故事情节上的奇瑰、跌宕而言，洪迈恐怕只是一个高明的实录者而已。倘若失去民间大众的丰富想象力，他即令才高八斗，要构思出数千种诡谲变幻的情节，也会笔力见绌的。另外一点，志怪类题材本身因为具有虚幻性，所以要想把这类题材写得活灵活现，令人信服，则不得不讲求事情的始末完整，人物的形象鲜明，还要着力渲染氛围，改进叙事手法。这一切努力，无形中增强了叙事的文学色彩，提高了这类作品愉悦读者的功能。

其次说写法。《夷坚志》最基本的创作方法和史传写法是相通的，属于呈现式叙事体例，主要通过人物的行动、对话，通过场景描写，再现人物和事件。其叙事方式一般是按照事物发展的自然时序，较少作时间、空间上的倒叙或插叙。又因为记事素材来源于民间传闻，作者本人并非亲历者，故而在写法上又往往采用第三人称单个人物的观察角度，集中描写当事人的亲身见闻和感受。譬如《侠夫人》写董国度在北方吐露南官身份后且悔且惧，《王从事妻》写王从事睹物思人，停箸悲啼，《丰乐楼》写沈一得到一布囊银器后的顾忌，等等，皆能深入主角的内心世界，渲染其主观感受。从总体上说，洪迈采用的写作方法基本上还是史传写法，元陈栎《勤有堂随录》说"《夷坚志》乃容斋洪景卢借以演史笔"，是颇中肯綮的，这并不是什么"曲为之词"，而是查有实据的。当然，《夷坚志》以叙事为主，注重故事的情节描写，间或有所虚构，在这一点上它和史传文（包括野史笔记）又是不可同日而语的。

我们评价《夷坚志》的文学成就，除了关注它自身的资料来源和创作方法以外，还应该关注它对当时的笔记小说、传奇小说创作所产生的影响，以及后来对话本小说和戏曲所产生的影响。这方面可供引证的史料很多，我们不可能巨细不遗，只能择取要点作一概述。首先，《夷坚志》在南宋中期出现，把宋初徐铉、吴淑以来开辟的笔记小说创作推向了一个高峰。这座高峰的标志一是它的规模超迈群伦，内涵极为丰富。二是它广搜博采，剿袭了许多他人的志怪、传奇类作品，这使它带有了一种集大成的性质。它引起了人们的普遍注意，同时也招致人们群起而效尤。公开宣称跟随《夷坚志》亦步亦趋的一部书，就是前文已提及的王质《夷坚别志》二十四卷，这是发生在洪迈生前的事。还有一部书是郭彖的《睽车志》六卷，从命名到体例都和《夷坚志》极为相近，内容也与《夷坚志》有交叉，显然也曾受到洪迈的影响。欧阳邦基的《鉴戒别录》三卷，据《直斋书录解题》著录，"周益公、洪景卢有序跋"，此作者必然又是洪迈的一位仰慕者。稍后则有沈氏的《鬼董》五卷，其卷一、卷三分别提及《夷坚丁志》和《癸志》，如卷一《张师厚》条说："《夷坚丁志》载《太原意娘》，止此一事，但以意娘为王氏，师厚为从善，又不及刘氏事。按此新意而怪，全在再娶一节，而洪公不详知，故复载之，以补《夷坚》之阙。"足见沈氏曾研读过洪书。至于李泳的《兰泽野语》、无名氏的《闻善录》、吴良史的《时居轩笔记》

等书，洪迈已掇剽入己书，只能说是一种互相影响吧。其次，在洪迈身后出现了不少《夷坚志》的续书，最著名的当属金元好问的《续夷坚志》四卷。其余还有元无名氏的《湖海新闻夷坚志》前集十二卷、后集六卷（今存四卷本），元吴元复的《续夷坚志》二十卷（一作四卷，《千顷堂书目》卷十二，已佚）。上面两点说的是《夷坚志》对笔记小说创作的影响。

《夷坚志》对话本和戏曲创作所造成的冲击波，主要体现在话本、戏曲创作每每敷衍《夷坚志》的记事。按罗烨（宋末或元初人）《醉翁谈录》甲集卷一《小说开辟》说："幼习《太平广记》，长攻历代史书。烟粉奇传，素蕴胸次之间；风月须知，只在唇吻之上。《夷坚志》无所不览，《琇莹集》所载皆通。"这是专讲宋元说话人基本功的，将《夷坚志》与《太平广记》《琇莹集》并列，说明它们是可供说话人取材的资料宝库。据考，现存宋人话本如《京本通俗小说》第十六卷《冯玉梅团圆》（《警世通言》卷十二《范鳅儿双镜重圆》），即采用了《徐信妻》（《志补》卷十一）事作为头回。又如《古今小说》第二十四卷《杨思温燕山逢故人》，本事当取自《太原意娘》（《丁志》卷九）；《警世通言》第三十卷《金明池吴清逢爱爱》，篇首引诗："朱文灯下逢刘倩，师厚燕山逢故人。隔断生死终不泯，人间最切是深情。"已经把意娘事视为典故。明朝人的拟话本，如冯梦龙的"三言"和凌濛初的"二拍"，从《夷坚志》中取材尤多。如《警世通言》第三十卷《金明池吴清逢爱爱》，本事当即《吴小员外》（《甲志》卷四）事。又如《二刻拍案惊奇》卷三十三《杨抽马甘请杖，富家郎浪受惊》，看题目便知是出于《杨抽马》（《丙志》卷三）事。《夷坚志》与宋、金、元、明戏曲的关系，亦可以略举数例。如宋官本杂剧《简帖薄眉》（见《武林旧事》）、金院本《错寄书》（见《辍耕录》）、南宋戏文《洪和尚错下书》，均搬演《王武功妻》（《支景》卷三）事。明叶宪祖《死生缘》杂剧（见《远山堂剧品》）、范文若《金明池》传奇（见《今乐考证》），均搬演《吴小员外》（《甲志》卷四）事。他如明范文若《闹樊楼》传奇（见《南词新谱·凡例续记》），则搬演《鄂州南市女》（《支庚》卷一）事。

结　语

　　《夷坚志》在宋代首见于尤袤《遂初堂书目》，按照经、史、子、集四部分类法，著录在子部小说类。稍后，陈振孙的《直斋书录解题》，也把《夷坚志》归入子部小说家类。其后经过五六百年，到清代纂修《四库全书》时，正编收录《夷坚支志》五十卷，依然属于子部小说家类。视《夷坚志》为小说，历来如此，似乎不应该存在问题。但是，《四库全书总目提要》小说家类的题解是这样说的："迹其流别，凡有三派，其一叙述杂事，其一记录异闻，其一缀辑琐语也。"《夷坚支志》则列在琐语之属。由此可见，古代目录学家所认定的"小说"，与我们今天所说的散文体叙事文学的小说，显然是两种不同的概念。为了说清楚这一问题，有必要简述一下我国"小说"概念的渊源和流变。

　　东汉班固在《汉书·艺文志》中说："小说家者流，盖出于稗官，街谈巷语，道听途说者之所造也。孔子曰：'虽小道，必有可观者焉。'致远恐泥，是以君子弗为也，然亦弗灭也。闾里小知者之所及，亦使缀而不忘，如或一家可采，此亦刍荛狂夫之议也。"桓谭的《新论》也说："若其小说家，合丛残小语，近取譬论，以作短书，治身理家，有可观之辞。"（《文选》卷三十一李善注引）据此，原初的"小说"概念应该是指丛杂小语之作，因为内中含有治身理家之词，又可以广视听，所以《汉书·艺文志》也作为一家来著录。鲁迅根据班固的原注推论说："诸书大抵或托古人，或记古事，托人者似子而浅薄，记事者近史而悠缪者也。"（《中国小说史略》）《汉书·艺文志》的定义成了后世目录学家遵奉的圭臬。

唐刘知几《史通·杂述》说："是知偏记小说，自成一家，而能与正史参行，其所从来尚矣。"这里肯定了"偏记小说"的"自成一家"，却又指出其价值在于"与正史参行"，"小说"被看作了史书的旁支。正是从《史通》开始，子部的小说与史部的杂传合为一体。这一变化既反映了中晚唐文人以史传体写小说的事实，也反映出当时的史学家把小说看成史书的分支，而文学家则是连杂传也称为小说的。

宋郑樵《通志·校雠略》说："古今编书所不能分者五：一曰传记，二曰杂家，三曰小说，四曰杂史，五曰故事。凡此五类之书，足相紊乱。"下及于明代，胡应麟说："小说，子书之流也。然谈说道理，或近于经，又有类注疏者；纪述事实，或通于史，又有类志传者。"又说："小说家一类，又自分数种：一曰志怪，《搜神》《述异》《宣室》《酉阳》之类是也；一曰传奇，《飞燕》《太真》《崔莺》《霍玉》之类是也；一曰杂录，《世说》《语林》《琐言》《因话》之类是也；一曰丛谈，《容斋》《梦溪》《东谷》《道山》之类是也；一曰辨订，《鼠璞》《鸡肋》《资暇》《辨疑》之类是也；一曰箴规，《家训》《世范》《劝善》《省心》之类是也。谈丛、杂录二事最易相紊，又往往兼有四家，而四家多独行，不可搀入二类者。至于志怪、传奇，尤易出入，或一书之中二事并载，一事之内两端俱存，姑举其重而已。"（《少室山房笔丛·九流绪论》）这些话表明，作为一种到明代尚占主流的认识，"小说"这一概念仍未从史传的大范畴内完全剥离出来，即使勉强分为六类，彼此亦难泾渭分明。

　　明代还有另外一种意见，谢肇淛的《五杂俎》说："凡为小说及杂剧戏文，须是虚实相半，方为游戏三昧之笔。亦要情景造极而止，不必问其有无也。古今小说家，如《西京杂记》《飞燕外传》《天宝遗事》诸书，《虬髯》《红线》《隐娘》《白猿》诸传，杂剧家如《琵琶》《西厢》《荆钗》《蒙正》等词，岂必真有是事哉？近来作小说，稍涉怪诞，人便笑其不经，而新出杂剧，若《浣纱》《青衫》《义乳》《孤儿》等作；必事事考之正史，年月不合，姓字不同，不敢作也。如此，则看史传足矣，何名为戏？"（卷十五）谢氏明确主张小说应该和史传有区别，小说要允许有虚构。这种认识摆脱了传统目录学"小说家"的束缚，比较接近了我们今天的观点。谢氏在提出新说法的同时，实际上为我们描绘了自唐以来我国"小说"创作所走的不同道路，一类作品依然走着附庸史传的实录体老路，而另一类作品则另辟蹊径，走上了虚拟故事以供人消遣的新路。今天的小说史家为之划分流派，称前者为野史笔记和笔记小说，称后者为传奇小说、话本小说和通俗小说。清修《四库全书》的小说家类自然是继承了居于主流地位的目录学观念，所收仅限于前者，而将后者特别是通俗小说完全排斥在外。这也反映了我们的古人对野史笔记和笔记小说的重视，远甚于传奇、话本和通俗小说。

　　关于笔记小说与野史笔记的分野，我比较赞同石昌渝先生在《中国小说源流论》中表述的意见。他说："笔记小说与野史笔记同是笔记文体，它们都是随笔记录和不拘体例的简短散文，但笔记小说偏重于记叙故事，具文学色彩，野史笔记偏重于记载史料，具史学色彩。"（三联书店1994年版，第一百三十三页）又说："纯粹的笔记小说作品和纯粹的野史笔记作品是存在的，但是，纯粹的笔记小说作品集和纯粹的野史笔记作品集是比较少见的，也就是说，笔记小说集子里经常杂有属于野史笔记的作品，野史笔记集子里也经常杂有笔记小说甚至传奇小说作品。"（同上，第一百三十六页）以这种原则来考察《夷坚志》一书，我们就可以认定它是一种间杂有野史笔记作品的笔记小说集。

作为一种笔记小说，《夷坚志》自身表现出这样几个特点：（1）随笔记录的文体；（2）篇幅大都短小；（3）记人和事多摘其片断；（4）叙事结构较为散淡。又因为洪迈曾参与撰修国史，亦以史家自诩，所以《夷坚志》的记叙方式又多近乎"史笔"，也表现出如下特点：（1）注重资料来源，一一注明出处；（2）强调事件发生的时间、地点、人物俱全；（3）不轻易臧否人物及"称人之恶"；（4）主张如实记录。对于洪迈贯穿于《夷坚志》中的"史笔"，其实早在宋元之际，赵汝淳已有定评。周密《浩然斋雅谈》卷中记载赵汝淳《读夷坚志》诗云："于古丘明法度书，豕啼蛇斗未有诬。后来更有无穷事，付与兰台鬼董狐。""鬼董狐"事，见《世说新语·排调篇》："干宝向刘真长叙其《搜神记》，刘曰：'卿可谓鬼之董狐。'"孔子曾称董狐为古之良史，"书法不隐"。东晋的干宝是一位史家，撰有《晋纪》二十三卷，又以史家的笔力专门搜集鬼神之事，编成《搜神记》三十卷，故刘真长谓之"鬼董狐"。洪迈也是一位史家，也撰有志怪书《夷坚志》，所以赵汝淳也把"鬼董狐"的桂冠戴在洪迈头上，应该说这是确切无比的。

鲁迅《中国小说史略》评价有宋一代小说，惟重平话，而轻志怪、传奇。他说："宋一代文人之为志怪，既平实而乏文采，其传奇，又多托往事而避近闻，拟古且远不逮，更无独创之可言矣。然而市井间，则别有艺文兴起。即以俚语著书，叙述故事，谓之'平话'，即今所谓'白话小说'

者是也。"具体到《夷坚志》一书，鲁迅认为它也和徐铉的《稽神录》略同，"大都偏重事状，少所铺叙"，只不过"《夷坚志》独以著者之名与卷帙之多称于世"。由此可见，鲁迅对《夷坚志》总的评价并不高，特别是在文学艺术性方面，并不认为《夷坚志》有何"独到"之处。对于《夷坚志》来说，这种评语无疑是站在中国小说发展史的高度所作的盖棺定论。我们在研究分析《夷坚志》一书时，始终把它设定在"史家的小说"这一历史位置上，着重评价其体例、内容及其写作方法，较少赏析其艺术构思和词采，这种做法也许是恰当的吧。

《中国珍贵典籍史话丛书》已出版书目

序号	书名	著者	定价	出版时间	条码
1	打开西夏文字之门	聂鸿音 著	48.00	2014 年 7 月	ISBN 978-7-5013-5276-0 9 787501 352760 >
2	《文苑英华》史话	李致忠 著	52.00	2014 年 9 月	ISBN 978-7-5013-5273-9 9 787501 352739 >
3	敦煌遗珍	林世田 杨学勇 刘 波 著	58.00	2014 年 9 月	ISBN 978-7-5013-5274-6 9 787501 352746 >
4	康熙朝《皇舆全览图》	白鸿叶 李孝聪 著	45.00	2014 年 9 月	ISBN 978-7-5013-5351-4 9 787501 353514 >
5	慷慨悲壮的江湖传奇	张国风 著	52.00	2014 年 10 月	ISBN 978-7-5013-5442-9 9 787501 354429 >
6	《太平广记》史话	张国风 著	48.00	2015 年 1 月	ISBN 978-7-5013-5484-9 9 787501 354849 >

7	《永乐大典》史话	张忱石　著	48.00	2015 年 1 月	ISBN 978-7-5013-5493-1
8	《玉台新咏》史话	刘跃进　原著 马燕鑫　订补	53.00	2015 年 1 月	ISBN 978-7-5013-5530-3
9	《史记》史话	张大可　著	52.00	2015 年 6 月	ISBN 978-7-5013-5587-7
10	西夏文珍贵典籍史话	史金波　著	55.00	2015 年 9 月	ISBN 978-7-5013-5647-8
11	《金刚经》史话	金根先 林世田　著	38.00	2016 年 6 月	ISBN 978-7-5013-5803-8
12	《太平御览》史话	周生杰　著	45.00	2016 年 10 月	ISBN 978-7-5013-5874-8
13	春秋左传史话	赵伯雄　著	45.00	2016 年 11 月	ISBN 978-7-5013-5880-9
14	《尔雅》史话	王世伟　著	38.00	2016 年 12 月	ISBN 978-7-5013-5938-7
15	《广舆图》史话	成一农　著	48.00	2017 年 1 月	ISBN 978-7-5013-5990-5

16	《齐民要术》史话	缪启愉 缪桂龙　著	45.00	2017 年 4 月	ISBN 978-7-5013-5978-3
17	《淳化阁贴》史话	何碧琪　著	55.00	2017 年 4 月	ISBN 978-7-5013-6055-0
18	《四库全书总目》： 前世与今生	周积明 朱仁天　著	58.00	2017 年 12 月	ISBN 978-7-5013-5926-4
19	《福建舆图》史话	白鸿叶 成二丽　著	40.00	2017 年 12 月	ISBN 978-7-5013-5979-0
20	《孙子兵法》史话	熊剑平　著	50.00	2018 年 1 月	ISBN 978-7-5013-6312-4
21	《诗经》史话	马银琴 胡　霖　著	50.00	2019 年 4 月	ISBN 978-7-5013-6691-0

国家图书馆出版社简介

国家图书馆出版社1979年成立，原名"书目文献出版社"，1996年更名为"北京图书馆出版社"，2008年改为现名。

本社是文化和旅游部主管、国家图书馆主办的中央级出版社。2009年8月新闻出版总署首次经营性图书出版单位等级评估定为一级出版社，并授予"全国百佳图书出版单位"称号。2014年被全国哲学社会科学规划办公室评定为"国家社科基金后期资助项目推荐申报出版机构"。

建社四十年来，形成了两大专业出版特色：一是整理影印各种稀见历史文献；二是编辑出版图书馆学和信息管理科学著译作，出版各种书目索引等中文工具书。此外还编辑出版各种文史著作和传统文化普及读物。